COLEÇÃO EXCELSIOR

1. MINHA FORMAÇÃO — Joaquim Nabuco
2. WERTHER (Romance) — Goethe
3. O INGÊNUO — Voltaire
4. A PRINCESA DE BABILÔNIA — Voltaire
5. PAIS E FILHOS — Ivan Turgueniev
6. A VOZ DOS SINOS — Charles Dickens
7. ZADIG OU O DESTINO (História Oriental) — Voltaire
8. CÂNDIDO OU O OTIMISMO — Voltaire
9. OS FRUTOS DA TERRA — Knut Hamsun
10. FOME - Knut Hamsun
11. PAN — Knut Hamsun
12. UM VAGABUNDO TOCA EM SURDINA — Knut Hamsun
13. VITÓRIA — Knut Hamsun
14. A RAINHA DE SABÁ — Knut Hamnsun
15. MADAME BOVARY — Gustave Flaubert
16. CONTOS E NOVELAS — Voltaire
17. A MARAVILHOSA VIAGEM DE NILS HOLGERSSON — Selma Lagerlöf
18. SALAMBÔ — Gustave Flaubert
19. TAÍS — Anatoles France
20. JUDAS, O OBSCURO — Thomas Hardy
21. POESIAS — Fernando Pessoa
22. POESIAS — Álvaro de Campos
23. MANON LESCAUT — Prévost
24. ODES — Ricardo Reis
25. MENSAGEM — Fernando Pessoa
26. POEMAS DRAMÁTICOS — Fernando Pessoa
27. POEMAS — Alberto Caeiro
28. NOVAS POESIAS INÉDITAS & QUADRAS AO GOSTO POPULAR — Fernando Pessoa
29. ANTROPOLOGIA — Um Espelho para o Homem — Clyde Kluclhohn
30. A BEM-AMADA — Thomas Hardy
31. A MINA MISTERIOSA — Bernardo Guimarães
32. A INSURREIÇÃO — Bernardo Guimrães
33. O BANDIDO DO RIO DAS MORTES — Bernardo Guimarães
34. POESIA COMPLETA — Cesar Vallejo
35. A MORTE DO CAIXEIRO VIAJANTE EM PEQUIM — Arthur Miller
36. CONTOS — Máximo Górki
37. NA PIOR, EM PARIS E EM LONDRES — George Orwell
38. POESIAS INÉDITAS (1919-1935) — Fernando Pessoa

MANON LESCAUT

Coleção Excelsior

Diretor editorial
Henrique Teles

Produção editorial
Eliana Nogueira

Arte gráfica
Ludmila Duarte

Revisão
Eduardo Satlher Ruella

EDITORA GARNIER
Belo Horizonte
Rua São Geraldo, 67 - Floresta - Cep.: 30150-070 - Tel.: (31) 3212-4600
e-mail: vilaricaeditora@uol.com.br

ANTOINE FRANÇOIS PRÉVOST

MANON LESCAUT

2ª Edição

GARNIER
desde 1844

Dados Internacionais de Catalogação na Publicação (CIP) de acordo com ISBD

P944m Prévost, Antoine François, 1697-1763.

Manon Lescaut / Antoine François Prévost. - 2ª ed. - Belo Horizonte, MG : Garnier, 2020.
154 p. : il. ; 14cm x 21 cm.

Inclui índice.
ISBN 978-65-990765-3-4

1. Literatura francesa. I. Título.

CDD 840
CDU 821.133.1

Elaborado por Vagner Rodolfo da Silva - CRB-8/9410

Índice para catálogo sistemático:

1. Literatura francesa 840
2. Literatura francesa 821.133.1

Sumário

Primeira Parte

Sou forçado a remontar o leitor ao tempos em que, pela primeira vez, encontrei o cavalheiro des Grieux: mais ou menos seis meses antes da minha partida para a Espanha. Se bem que raras vezes abandonasse a minha solidão, a amizade e o carinho que tinha à minha filha levavam-me a fazer algumas pequenas viagens, que encurtava tanto quanto era possível.

Voltava um dia, de Ruão, onde fora, a seu pedido, solicitar o andamento de uma causa, no parlamento da Normandia, acerca da herança de umas terras às quais ela tinha pretensões pelo lado de meu avô materno. Tendo tomado pela estrada de Évreux, onde dormi a primeira noite, cheguei no dia seguinte, ao jantar, a Passy, distante daquela cidade cinco ou seis léguas. Ao entrar na povoação, fiquei surpreso de ver todos os seus habitantes em alarme. Saíam precipitadamente de suas casas, aos grupos, e corriam para defronte da porta de uma péssima estalagem, diante da qual se viam duas caleças. Os cavalos, que ainda estavam atrelados e pareciam mortos de fadiga e de calor, mostravam que os dois veículos haviam chegado há pouco.

Detive-me um momento para saber a causa de tão grande tumulto, mas poucos esclarecimentos obtive daquela populaça curiosa, que nenhuma atenção dava às minhas perguntas e que avançava sem cessar para a hospedaria, acotovelando-se no meio da maior confusão. Por fim, como um guarda de bandoleira a tiracolo e mosquete ao ombro aparecesse à porta, chamei-o e pedi-lhe que me dissesse os motivos de tal desordem.

— Não é nada, senhor, disse ele. Trata-se apenas de uma dúzia de mulheres perdidas que conduzimos ao Havre, onde devem embarcar para a América. Há algumas bem bonitas e talvez seja isso o que desperta a curiosidade desta boa gente.

Ter-me-ia retirado, depois desta explicação, se não me tivessem detido as exclamações de uma velha, que, saindo da estalagem e pondo as mãos na cabeça, gritava que era uma barbaridade, uma coisa que causava horror e compaixão.

— Por que está tão agitada? — perguntei-lhe.

— Ah! senhor, entre — respondeu ela — e veja se não é um espetáculo capaz de partir o coração.

A curiosidade fez-me apear do cavalo, que entreguei ao meu palafreneiro, e entrei, com dificuldade, depois de ter aberto caminho por entre a multidão. E vi, com efeito, o suficiente para ter motivo de me comover.

Entre as doze criaturas, que estavam ligadas pela cintura, seis a seis, havia uma cujas maneiras e figura iam tão pouco de acordo com a sua atual condição, que em outro lugar eu a teria tomado por pessoa de alta linhagem. A tristeza que se estampava no seu rosto e a imundície da sua roupa, enfeavam-na tão pouco, que a sua presença inspirou-me respeito e compaixão. A pobre jovem procurava voltar-se, tanto quanto a sua cadeia permitia, a fim de esconder o rosto aos olhos dos espectadores. O esforço que fazia para se ocultar, era tão natural que bem parecia ser originado pelo mais nobre sentimento de pudor.

Como os seis guardas que acompanhavam esta desgraçada multidão, estavam também no mesmo aposento, chamei o chefe em particular e tratei de informar-me sobre a sorte desta bela criatura. Ele apenas pôde fornecer-me algumas informações incompletas.

— Fomos buscá-la ao Hospital, por ordem do intendente-geral da polícia, e todas as probabilidades são de que ela não estava lá por suas virtudes. Tenho-a interrogado várias vezes durante a jornada, mas obstinou-se em não responder, e ainda que não recebesse ordem de a poupar mais do que às outras, não tenho deixado, por isso, de lhe manifestar certa consideração, porque me parece que ela vale alguma coisa mais do que as suas companheiras. Ali está um rapaz — acrescentou ele — que poderá, melhor do que eu, instruí-lo sobre a causa da sua desgraça: tem-na acompanhado desde Paris, sem cessar um instante de chorar. Deve ser, sem dúvida, seu irmão ou seu amante.

Voltei-me para o canto do compartimento onde o rapaz estava sentado. Parecia absorto numa profunda meditação: nunca vi imagem mais viva e mais perfeita da dor. Vestia-se com simplicidade, mas distinguia-se logo à primeira vista um homem não nascido da plebe e que teve educação. Aproximei-me dele; levantou-se e descobri nos seus olhos, nos seus movimentos, no seu todo, tal finura e nobreza, que senti logo em mim a força irresistível da simpatia que me inspirava.

— Não o quero importunar — disse-lhe, sentando-me ao seu lado — mas poderia satisfazer a curiosidade que tenho de saber quem é esta linda moça, que não me parece ter nascido para a triste sorte em que a vejo lançada?

Respondeu-me sem amabilidade, mas tristemente, que não podia dizer-me quem ela era sem se dar a conhecer a si próprio e que tinha sobejas razões para se conservar incógnito.

— Posso no entanto dizer-lhe o que estes miseráveis já não ignoram — continuou ele, indicando os guardas: — é que a amo, e com uma paixão tão violenta que faz de mim o mais desgraçado de todos os homens. Debalde empreguei em Paris todos os meios para obter a sua liberdade. Os pedidos, a astúcia, a força, tudo foi inútil e sem resultado. Resolvi, portanto, segui-la, embora tenha de ir ao fim do mundo. Embarcarei com ela e irei para a América. Mas, o requinte da desumanidade — ajuntou ele falando dos guardas — são estes patifes não permitirem que me aproxime dela. A minha intenção era atacá-los cara a cara a algumas léguas de distância de Paris. Tinha-me associado a quatro homens que prometeram auxiliar-me mediante uma quantia considerável; mas os poltrões deixaram-me só e fugiram com o dinheiro. A impossibilidade de vencer pela força fez com que eu depusesse as armas. Pedi aos guardas que me deixassem, ao menos, segui-los, oferecendo-lhes uma recompensa; a ambição do lucro levou-os a acederem ao meu pedido, mas todas as vezes que consentem que fale à minha amante, outras tantas querem ser pagos, de modo que, em pouco tempo, a minha bolsa ficou vazia, e hoje, que estou sem um soldo, têm eles a crueldade de me repelir brutalmente, ao menor passo que dou para dela me aproximar. Ainda há pouco, pelo fato de lhe dirigir a palavra, apesar de todas as suas ameaças, ousaram levantar sobre mim a coronha do mosquete. Desgraçadamente sou forçado, para satisfazer a sua insaciável cobiça e para me achar em circunstâncias de continuar a jornada a pé, a vender aqui um mau cavalo em que até agora tenho vindo montado.

Ainda que esta narrativa parecesse ser feita com a maior tranquilidade de espírito, ao terminá-la algumas lágrimas, borbulhando dos seus olhos, deslizaram pelas faces do desconhecido. Esta aventura pareceu-me das mais estranhas e comoventes.

— Não quero obrigá-lo a contar-me o seu segredo, mas se posso ser-lhe útil em qualquer coisa, com a melhor boa vontade o servirei, — disse-lhe eu.

— Ah! — continuou ele — nem mesmo antevejo a esperança de um dia poder mudar de sorte. Forçoso é submeter-me a todo o rigor do meu destino. Irei para a América e lá serei ao menos livre com aquela que amo. Escrevi a um dos meus amigos, que terá à minha disposição alguns socorros, no Havre. O único embaraço com que agora luto é a despesa da minha condução até lá, e procurar dar a esta pobre criatura — acrescentou ele, fitando tristemente a sua amante — algum alívio durante a jornada.

— Pois vou tirá-lo desse embaraço — afirmei; aqui está algum dinheiro que de todo o coração lhe peço aceitar. E bem pesaroso estou de não o poder servir de outra maneira.

Dei-lhe quatro luíses de ouro, sem que os guardas percebessem, pois estava bem certo de que se soubessem que ele era possuidor desta quantia, vender-lhe-iam mais caro ainda as suas pequenas condescendências. Ocorreu-me mesmo a ideia de negociar com eles, para obter ao moço namorado a liberdade de falar continuamente à sua amante até o Havre. Fiz sinal ao chefe para se aproximar de mim e fiz-lhe a proposta. Pareceu-me um pouco envergonhado, apesar de todo o seu descaramento.

— Não é que nós nos recusemos a deixá-lo falar a esta moça, — respondeu ele perturbado — mas o seu desejo é estar sempre ao lado dela e isto nos incomoda. É justo, pois, que pague por esse incômodo.

— Pois bem, vejamos quanto querem para que esse incômodo deixe de existir.

Teve a audácia de pedir dois luíses! Dei-lhos imediatamente.

— Mas, tomem cuidado — ameacei eu — não pratiquem nenhuma velhacaria, pois vou dar meu endereço a este moço para que me possa informar do que acontecer. E saibam que posso fazê-los castigar.

Assim, esta curiosidade custou-me seis luíses de ouro.

Os bons modos e o vivo reconhecimento com que o rapaz me agradeceu, acabaram de me convencer de que ele era bem nascido e que merecia as minhas liberalidades. Disse algumas palavras à sua amante antes de sair. Respondeu-me com uma modéstia tal e tão encantadora, que não pude deixar de fazer, ao retirar-me, mil reflexões sobre o incompreensível caráter das mulheres.

Tendo voltado de novo à minha solidão, nada mais soube da continuação desta aventura. Passaram-se dois anos, tempo suficiente para que a esquecesse totalmente, até que o acaso fez com que pudesse conhecer todas as suas circunstâncias e pormenores.

Acabava de chegar a Calais, de volta de uma viagem a Londres com o marquês de..., meu discípulo. Estávamos hospedados, se bem me lembro, no Leão de Ouro, onde, por qualquer razão, nos vimos forçados a passar o dia inteiro e a noite seguinte. Passeávamos, à tarde, pelas ruas, quando pareceu-me reconhecer, num moço que passava, o mesmo rapaz que havia encontrado na estalagem de Passy. Estava muito mal vestido e ainda mais pálido do que a primeira vez em que o tinha visto; contudo, a sua fisionomia era demasiado distinta para que fosse por mim reconhecida imediatamente.

— Tenho necessidade de falar àquele moço — disse ao marquês. E em seguida aproximei-me.

— Ah! senhor! — exclamou ele, beijando-me a mão. — Que felicidade a minha em poder ainda uma vez mais mostrar-lhe o meu eterno reconhecimento!

Perguntei-lhe de onde vinha e respondeu-me que acabava de chegar do Havre, de volta da América.

— Não me parece achar-se em melhor situação do que outrora — continuei eu. — Vá ao *Leão de Ouro*, onde estou hospedado, que lá estarei num instante.

Com efeito, corri logo à hospedaria, cheio de impaciência por conhecer os detalhes do seu infortúnio e os pormenores da sua viagem à América. Tratei-o com as maiores provas de amizade, ordenando que não lhe faltasse coisa alguma. Não esperou que lhe pedisse para contar a história da sua vida.

— Procede tão nobremente comigo — disse-me ele — que nunca me perdoaria usar da menor reserva para com o senhor. Quero contar-lhe não só as minhas desgraças e sofrimentos, mas também as minhas extravagâncias e fraquezas vergonhosas. Estou certo de que, condenando-me, não poderá, contudo, deixar de me lastimar.

Devo advertir o leitor, nesta altura, de que escrevi esta história logo depois de a ter ouvido, podendo, portanto, assegurar que nada há mais exato e fiel do que a minha narrativa. E digo fiel até na descrição das reflexões e dos sentimentos que o moço aventureiro exprimiu com a melhor perfeição. Eis, pois, a sua história, a que procurarei não acrescentar, até o fim, nada que não seja dele.

* * *

Tinha eu dezessete anos e havia terminado os meus estudos de filosofia em Amiens, onde meus pais, que são de uma das melhores famílias de P... me tinham mandado educar. A minha vida era tão regrada, tinha tão bom comportamento, que os mestres me apontavam como exemplo. Não que fizesse esforços extraordinários para merecer este elogio; mas, naturalmente dócil e sossegado, aplicava-me ao estudo por inclinação e contavam-me no número das virtudes a aversão natural que eu tinha ao vício. A minha família, o êxito dos meus estudos, e algum outro atrativo haviam-me tornado conhecido e estimado de toda a gente honesta e respeitada da cidade.

Prestei os meus exames públicos com aprovação unânime de todos os espectadores, a ponto do bispo, que a eles assistia, me propor a minha entrada na vida eclesiástica, onde, com certeza, — dizia ele, — não deixaria de adquirir maior distinção e renome do que na ordem de Malta, a que meus pais me destinavam. E tanto assim que eles obrigavam-me desde então a trazer a cruz, com o nome de cavalheiro des Grieux. Chegadas as férias, preparava-me para regressar ao lar doméstico, para junto de meu pai, que havia prometido enviar-me imediatamente para a Academia.

O único pesar que tinha ao retirar-me de Amiens, era deixar ali um amigo a quem me unia a maior ternura e amizade. Era um pouco mais velho do que eu. Tínhamos sido educados juntos, mas os seus bens eram escassos e, portanto, foi obrigado a tomar o estado de eclesiástico e a ficar em Amiens, para aí continuar os estudos necessários a esta profissão. Possuía inúmeras qualidades. Há de o conhecer pelas melhores, no decurso da minha história, e principalmente por um zelo e uma generosidade no afeto, que excedem os mais célebres exemplos da antiguidade. Se houvesse então seguido os seus conselhos, teria sido sempre honrado, honesto e feliz. Se ao menos me tivesse aproveitado das suas repreensões, à beira do precipício onde os meus vícios me arrastavam, teria salvo alguma coisa no naufrágio da minha fortuna e da minha reputação. Mas, desgraçadamente, o meu amigo não colheu outro fruto dos seus cuidados e da sua dedicação do que o pesar de os ver esquecidos e, algumas vezes, duramente recompensados por um ingrato que só via nos seus bons conselhos uma ofensa, ou os olhava como importunos.

Eu havia determinado já a data em que deveria sair de Amiens. Por que não antecipei de um dia a minha partida? Se assim o tivesse feito, decerto, ao entrar em casa de meus pais, levaria comigo toda a minha inocência. Na própria véspera do dia fatal em que tinha de deixar essa cidade, estando a passear com o meu amigo, que se chamava Tiberge, vimos chegar a diligência de Arraz, e seguimo-la até a estalagem onde estes carros fazem alto. Não nos moviam outros motivos além da curiosidade. Apearam-se algumas mulheres, que se retiraram imediatamente; mas, uma ficou, muito nova, que esperava no pátio da estalagem que um homem de idade avançada, e que parecia servir-lhe de guia, fizesse descarregar a sua bagagem. Pareceu-me tão linda, tão encantadora, que eu, que até então nunca tinha pensado nem na diferença dos sexos e muito menos olhado para uma mulher com mais atenção do que para qualquer outra criatura, — eu, cuja inocência era por todos admirada, encontrei-me de repente inflamado até o arrebatamento. Até então tinha o defeito de ser demasiadamente tímido e fácil em me desconcertar; mas, nesse momento, longe de me intimidar por esta fraqueza, dirigi-me resolutamente para aquela que já considerava senhora absoluta de meu coração.

Embora fosse ela mais nova do que eu, retribuiu meus cumprimentos sem embaraço algum. Perguntei-lhe o que a levava a Amiens e se ali tinha alguém conhecido. Respondeu ingenuamente que seus pais a mandavam para aquela cidade a fim de entrar num convento. O amor já tinha por tal forma iluminado o meu coração, em tão diminuto espaço de tempo, que senti logo este desígnio como um golpe mortal nos meus desejos. Falei-lhe de modo que compreendesse os meus sentimentos, porque ela demonstrava uma experiência maior do que a minha. Era contra a sua vontade que a mandavam para um convento; para impedir, sem dúvida, a sua tendência natural para os prazeres sensuais — tendência que já se havia manifestado e que no futuro causou todas as suas e as minhas desgraças. Combati a cruel intenção de seus pais, por todas as razões que o meu amor e a minha eloquência escolástica me sugeriram. Não afetou nem rigor, nem desdém; apenas me disse, depois de um momento de silêncio, que bem previa o quanto ia ser desgraçada, mas que tal era aparentemente o desígnio do céu, pois que nenhum meio lhe ocorria de o evitar.

A doçura do seu olhar, o ar cheio de encantadora tristeza ao pronunciar estas palavras, ou antes a força do meu destino, que me arrastava à minha perda, não me deixaram um só instante para refletir na resposta. Assegurei-lhe que se ela quisesse depositar confiança na minha honra e na ternura infinita que já me inspirava, eu empregaria todas as forças para libertá-la da tirania de seus pais e para fazê-la feliz. Mil vezes me admirei, mais tarde, da ousadia e da facilidade com que então me expressei, mas decerto não se teria feito do amor um deus, se ele não operasse, tão repetidas vezes, grandes prodígios. Disse-lhe muitas coisas eloquentes.

A minha bela desconhecida sabia perfeitamente que na minha idade não se engana ninguém. Confessou-me que, se por acaso eu pudesse dar-lhe a liberdade, ser-me-ia devedora de alguma coisa mais cara, para ela, do que a própria vida.

Repeti-lhe que estava pronto a tudo empreender; mas não tendo suficientemente experiência do mundo para imaginar, num instante, todos os meios que poderiam estar ao meu alcance para servi-la, limitei-me a esta única promessa bem vaga que, certamente, não devia ser de grande auxílio nem para ela nem para mim.

O seu velho argus tinha vindo para junto dela. Todas as minhas esperanças iam naufragar, se a argúcia do seu espírito não fosse tanta que pudesse bem suprir a esterilidade do meu. Fiquei surpreendido de que, à chegada de seu companheiro, me chamasse primo e que, visto a felicidade que tivera em me reencontrar em Amiens, transferia a sua entrada no convento para o dia seguinte, a fim de ter o prazer de cear comigo.

Percebi perfeitamente a mentira e propus-lhe hospedarmo-nos numa estalagem cujo dono havia sido cocheiro de meu pai por muito tempo, antes de se estabelecer em Amiens, e que me era inteiramente devotado.

Fui eu quem a conduziu até lá, ao passo que o seu velho companheiro parecia resmungar de mau humor e o meu amigo Tiberge, que nada compreendia desta cena, me seguia sem pronunciar uma palavra. Não tinha ouvido a nossa conversa, ficando a passear no pátio enquanto eu falava de amor à minha linda amante.

Receando repreensões de Tiberge, desembaracei-me da sua companhia, pedindo-lhe que se encarregasse de um serviço meu. Assim, tive o prazer, ao chegar à hospedaria, de me achar a sós com a soberana do meu coração.

Percebi sem demora que era muito menos criança do que eu mesmo julgava. Meu coração achava-se engolfado em mil sentimentos agradáveis, dos quais não tinha a menor ideia. Um fogo ardente e voluptuoso começou a correr-me nas veias. Achava-me numa espécie de transporte que me tirou por algum tempo o dom da palavra e que não me deixava exprimir senão com os olhos.

Mademoiselle Manon Lescaut — foi assim que ela disse chamar-se — pareceu-me muito satisfeita e lisonjeada com o efeito que em mim produziam os seus encantos. Percebi que não se encontrava menos comovida do que eu. Confessou que me achava amável e que estava encantada de me dever o favor da sua liberdade.

Quis saber quem eu era e, tendo-lhe dito, a sua afeição aumentou para comigo, pois que, sendo duma família plebeia, ficara satisfeitíssima de ter conquistado um amante da minha condição. Conversamos sobre a maneira de resolver o problema que nos preocupava. Depois de vários planos assentamos em que o meio melhor era a fuga. Para isso era preciso iludir a vigilância do homem que a acompanhava e que, apesar de simples criado, não era criatura de quem se desprezasse a esperteza.

Concordamos em que eu arranjaria, naquela mesma noite, uma sege de posta e que no dia seguinte de madrugada, quando todos ainda estivessem dormindo, sairíamos da hospedaria, dirigindo-nos diretamente a Paris, onde nos casaríamos assim que chegássemos.

Possuía mais ou menos uns cinquenta escudos, fruto das minhas economias; ela teria o dobro, talvez. Imaginamos, como crianças sem experiência, que esta soma jamais se acabaria, e acreditamos cegamente no êxito das nossas outras combinações.

Tendo ceado com uma satisfação jamais sentida em minha vida, saí para executar o nosso projeto. Os meus arranjos para a partida foram tanto mais fáceis quanto, tendo intenção de me retirar para casa de meus pais no dia seguinte, a minha pequena bagagem já estava preparada. Limitei-me, portanto, a alugar a sege, ordenando que estivesse pronta às cinco horas da manhã, momento em que as portas da cidade estariam abertas. Encontrei, porém, um obstáculo com que não contava e que esteve a ponto de frustrar inteiramente todos os meus planos.

Tiberge, ainda que apenas mais velho do que eu três anos, era um rapaz sisudo, de comportamento muito regular, e estimava-me com dedicação extraordinária. O encontro de uma criatura tão bonita como Manon, o meu empenho em conduzi-la à hospedaria e o cuidado que mostrara em dele me desembaraçar, despertaram-lhe suspeitas. Não tinha ousado voltar à estalagem onde me havia deixado, receando molestar-me com a sua volta; mas tinha ido esperar-me em minha casa, onde o encontrei sentado, não obstante serem já dez horas da noite. A sua presença desgostou-me. Facilmente Tiberge percebeu o contratempo que a sua visita causava.

— Estou certo — disse-me ele sem a menor cerimônia — que pensas alguma coisa que me queres ocultar; bem vejo isto pelos teus modos.

Respondi-lhe bruscamente que não era obrigado a dar-lhe satisfação de todas as minhas ações.

— Não, — continuou ele — mas sempre me tens tratado como amigo, e a amizade requer alguma confiança e franqueza.

Tanto insistiu comigo, que não lhe pude ocultar o segredo, e fiz-lhe completa confidência da minha paixão.

Recebeu-a com tão evidentes provas de descontentamento que muito me fez recear. Arrependi-me, sobretudo, da indiscrição de lhe ter contado, o plano da minha fuga.

Disse-me que era muito meu amigo para não se opor, com todas as forças, às minhas intenções e que, se por meio da persuasão eu não renunciasse a esta vil resolução, advertiria *alguém* que com toda a certeza havia de impedir-me a sua execução. Neste sentido fez-me um discurso que durou mais de um quarto de hora, terminando por declarar que denunciaria se não lhe desse a palavra de honra de me conduzir com mais juízo e prudência.

Eu estava desesperado por me ter traído tão sem propósito. Contudo o amor abrira-me os olhos de tal modo, no curto espaço de duas ou três horas, que notei não lhe ter dito que a minha fuga deveria realizar-se no dia seguinte e resolvi, portanto, enganá-lo com o auxílio duma mistificação.

— Tiberge — disse-lhe eu — acreditei sempre que eras meu amigo, e quis pôr-te à prova com esta confidência. É verdade que amo, e nisto não te enganei; mas a respeito da minha fuga, isso não é resolução que se tome no ar. Vem amanhã encontrar-me às nove horas: mostrar-te-ei, se puder, a minha amante e então julgarás se ela merece que eu dê este passo por sua causa.

Depois disto saiu, tendo-me feito de novo protestos de amizade.

Passei a noite a pôr em ordem todos os meus negócios e ao romper do dia dirigi-me à pousada de Manon. Ela estava à janela que dava para a rua, e, apenas me viu, veio logo abrir a porta, saindo sem fazer o menor ruído. A sua bagagem consistia apenas na sua roupa branca, de que me encarreguei. Metemo-nos na sege e saímos imediatamente da cidade.

Contarei mais adiante qual foi o procedimento de Tiberge, vendo que tinha sido enganado por mim. O seu zelo não esfriou por isso e ver-se-á a que excesso chegou, e quantas lágrimas não deveria derramar ao lembrar-me qual fora sempre a recompensa que dei a tão nobre dedicação.

Íamos tão depressa que chegamos a São Diniz antes do anoitecer. Eu montava a cavalo, ao lado da carruagem, o que nos havia impedido de conversar, a não ser em ocasião de mudas; mas, logo que nos vimos próximos de Paris, isto é, quase em lugar seguro, tratamos de jantar, pois desde que tínhamos saído de Amiens nada havíamos comido.

Por mais enamorado que estivesse de Manon, ela fez-me sentir que o seu amor por mim não era menor. Éramos tão pouco reservados nas nossas carícias, que nem paciência tínhamos para esperar que estivéssemos a sós. Os postilhões e estalajadeiros olhavam-nos com surpresa, admirados de verem duas crianças como nós amarem-se com tanto fervor.

Os nossos projetos de casamento foram esquecidos em São Diniz. Violamos os direitos da igreja e fizemo-nos esposos sem a menor reflexão. A verdade é que, com a minha índole terna e constante, toda a minha vida teria sido feliz se Manon me houvesse sido sempre fiel. Quanto mais a conhecia, mais descobria nela novas qualidades dignas de estima. O seu espírito, o seu coração, a sua doçura e a sua beleza formavam uma corrente com elos tão fortes que eu fazia consistir toda a minha ventura em nunca sair dela.

Terrível mudança! O que hoje constitui o meu desespero poderia ter sido a minha felicidade. Se agora sou o mais desgraçado dos homens, devo-o a esta mesma constância, de que só esperei o mais belo de todos os futuros, a mais perfeita recompensa do amor.

Alugamos um aposento mobiliado, em Paris, na rua V... e para minha desdita, junto da casa de M. de B... célebre arrematante das rendas do Estado.

Três semanas se passaram, durante as quais estive tão entregue à minha paixão, que não pensei um só instante na minha família, nem nos cuidados em que meu pai deveria estar, por minha ausência. Contudo, nem o desregramento, nem o vício influíam na minha conduta, e Manon se comportava também com o maior recato, a tranquilidade em que vivíamos fez-me recordar pouco a pouco o meu dever.

Resolvi reconciliar-me, se fosse possível, com meu pai. A minha amante era tão simpática que não duvidei um instante de que ela lhe agradasse, se eu encontrasse um meio de lhe fazer conhecer o seu bom comportamento e as suas virtudes. Numa palavra, lisonjeava-me a ideia de obter de meu pai a permissão de a desposar, tendo perdido completamente a esperança de o poder fazer sem o seu consentimento.

Contei este projeto a Manon e fiz-lhe compreender que, além dos motivos de amor e do dever, o da necessidade deveria também ser tomado em linha de conta, pois os nossos fundos já se achavam sensivelmente desfalcados e eu começava a convencer-me de que não eram inesgotáveis.

Manon ouviu esta proposta com a maior frieza. Entretanto, as razões que ela opôs pareceram-me devidas mais à sua ternura e ao receio de que meu pai não quisesse aceder ao nosso desejo, uma vez soubesse o lugar para onde tínhamos fugido, do que ao golpe cruel que ela me preparava.

À objeção da necessidade, respondeu-me que ainda nos restava o suficiente para vivermos algumas semanas e que, passado este prazo, ela encontraria recursos na estima de alguns parentes que tinha na província e a quem escreveria. Ao mesmo tempo, adoçou a sua recusa com carícias e afagos tão ternos e apaixonados que eu, que não tinha a menor desconfiança do seu amor e do seu coração, concordei com todas as suas respostas e resoluções.

Havia-lhe confiado o encargo de pagar as nossas despesas comuns, bem como a administração de todos os nossos fundos. Mas, depois desta conversa, notei pouco a pouco que a nossa mesa era mais bem servida e que ela havia feito algumas compras de valor considerável. Como sabia que não devíamos ter mais do que doze ou quinze dobrões, manifestei-lhe o meu espanto por este aumento aparente da nossa opulência. Respondeu-me, rindo, que não tivesse cuidado com isso.

— Não te prometi que encontraria recursos? — exclamou.

Amava-a com muita simplicidade para ter dela a mais leve suspeita.

Certa ocasião em que saíra depois do meio-dia, avisando-a de que talvez me demorasse mais tempo do que de costume, fiquei surpreendido de que me fizessem esperar dois ou três minutos, quando voltei.

Éramos servidos por uma rapariga pouco mais ou menos da nossa idade. Quando veio abrir-me a porta, perguntei-lhe a razão da demora. Respondeu, embaraçada, que não tinha ouvido bater. Eu tinha batido uma vez apenas; por isso, perguntei-lhe:

— Mas, se não ouviste, como vieste?

Este argumento fê-la titubear e, não tendo presença de espírito suficiente para responder, pôs-se a chorar, afirmando-me que Madame a havia proibido de abrir a porta até que M. de B... saísse pela outra escada que dava para o aposento.

Fiquei tão aturdido que nem forças tive de entrar em casa. Desci, sob pretexto de um negócio, e ordenei à criada que dissesse à sua ama que voltaria em breve, intimando-a, porém, a que não lhe fizesse saber o que tinha dito a respeito de M. de B...

Tão grande foi a minha consternação, que não pude deixar de derramar copiosas lágrimas ao descer a escada, sem saber quais eram os sentimentos que as originavam. Entrei no primeiro café, sentei-me a uma mesa e, apoiando a cabeça entre as mãos, procurei analisar tudo quanto se passava no meu coração.

Não ousei relembrar o que acabava de ouvir. Queria considerar isso como uma ilusão; e por duas ou três vezes estive decidido a reentrar em casa, sem mostrar que sabia de tudo. Parecia-me por tal forma impossível que Manon me traísse, que temia injuriá-la com tal suspeita.

Eu adorava-a, certamente. Não lhe tinha dado mais provas de amor do que dela tinha recebido. Por que motivo, pois, a acusaria de ser menos sincera, menos constante do que eu? Que razão poderia ter Manon para me atraiçoar? Ainda não haviam decorrido três horas que ela me tinha feito as mais ternas carícias, recebendo as minhas com transporte. Não conhecia melhor o meu coração do que o seu.

— Não, não, — repetia — não é possível que Manon tenha me traído. Não ignora que só vivo para ela. Sabe muito bem que a adoro, e isto não é razão para que eu possa ser odiado!

Contudo, a visita e a saída furtiva de M. de B... intrigavam-me. Lembravam-me ao mesmo tempo das pequenas compras feitas por Manon, compras que excediam em muito às forças das nossas riquezas presentes. Isto parecia denunciar liberalidades dum novo amante. E essa confiança que tinha me mostrado em recursos por mim desconhecidos? A falar a verdade, custava-me dar a tantos enigmas um sentido favorável como o meu coração desejava.

Por outro lado, quase que não a tinha perdido de vista, desde que estávamos em Paris. Em ocupações, passeios e divertimentos, tínhamos estado sempre um ao lado do outro. Meu Deus! um instante de separação nos teria afligido bastante. Era preciso repetirmo-nos, sem cessar, que nos amávamos; morreríamos de inquietação sem isso. Como poderia, pois, imaginar que Manon pensasse um só momento em outro que não fosse eu?

Por fim julguei achar a chave deste mistério.

— M. de B... — disse comigo mesmo — é homem que trata de muitos negócios e tem inúmeras relações; os parentes de Manon talvez tenham se servido desse homem para lhe mandar dinheiro. Talvez ela já tenha recebido algum e hoje é muito provável que lhe fosse levar mais. Ela fez, sem dúvida, empenho em ocultar esta circunstância, talvez para me fazer alguma agradável surpresa. Quem sabe se ela estaria nesse momento me falando nisso, se em lugar de vir para aqui torturar-me tivesse entrado em casa? Estou bem certo de que nada ocultará se lhe falar nesse assunto.

Fortaleci-me tanto nesta opinião, que ela conseguiu diminuir em muito a minha tristeza. Voltei imediatamente para casa. Abracei Manon com a minha ternura de sempre. Recebeu-me como de costume. A princípio tentei contar-lhe as minhas conjeturas, que me pareciam, agora mais do que nunca, verdadeiras; mas dominei-me na esperança de que havia de chegar o momento em que ela me contasse tudo quanto tinha se passado.

Serviram-nos a ceia. Sentei-me à mesa muito alegre, mas, à luz do candeeiro, colocado entre mim e ela, pareceu-me divisar sinais de uma profunda melancolia no rosto e nos olhos da minha querida amante. Notei que o seu olhar me era dirigido de um modo muito diferente do de costume. Não podia contudo atinar se era por amor ou por compaixão, ainda que parecesse originado por um sentimento de doçura. Olhei-a igualmente com a mesma atenção, e talvez não lhe custasse, menos a ela do que a mim, avaliar, pelo meu olhar, o estado do meu coração. Não pensávamos nem em falar nem em comer. Por fim, lágrimas abundantes correram dos seus lindos olhos. Pérfidas lágrimas!

— Oh! meu Deus! Tu choras, querida Manon! sofres a ponto de chorar, e nem um só motivo dos teus pesares me contas!

Não respondeu senão com suspiros, que apenas contribuíram para aumentar a minha inquietação.

Levantei-me, todo trêmulo, pedindo-lhe por tudo quanto de mais sagrado possa haver no amor, a dizer-me a causa das suas lágrimas. Eu estava mais morto do que vivo. Um bárbaro ter-se-ia enternecido diante das provas da minha dor e dos meus temores.

Enquanto isto se passava, ouvi ruído que faziam várias pessoas subindo a escada. Bateram à porta, muito de leve. Manon deu-me um beijo e fugiu dos meus braços fechando-se no seu quarto. Pareceu-me que, estando um pouco em desalinho, queria esconder-se aos olhos dos estranhos que haviam batido. Eu mesmo fui abrir a porta.

Apenas a tinha aberto, fui agarrado por três homens, que imediatamente reconheci, serem criados de meu pai. Não exerceram sobre mim a menor violência, mas, como dois, dentre eles, me tivessem segurado pelos braços, o terceiro apalpou os meus bolsos, donde tirou um pequeno canivete, única arma que trazia comigo. Pediram perdão de serem forçados a faltar-me ao respeito, dizendo que se assim o faziam era por ordem de meu pai, e que meu irmão mais velho esperava em baixo, dentro de uma carruagem. Estava tão perturbado que me deixei conduzir sem resistência e sem murmurar a menor palavra. Meteram-me na carruagem ao lado dele, e o cocheiro, que tinha as suas ordens especiais, partiu a todo o galope para São Diniz.

Meu irmão abraçou-me ternamente, mas não disse nada, de sorte que tive toda a liberdade de que necessitava para pensar no meu infortúnio.

Achei que tudo quanto acabava de acontecer era tão obscuro que nem na menor conjetura podia encontrar um vislumbre de luz.

Havia sido cruelmente atraiçoado; mas, por quem? Tiberge foi o primeiro que me veio à ideia. Traidor! dizia eu, se as minhas suspeitas se confirmarem, será o fim da tua vida. E, contudo, raciocinando melhor, vi que ele ignorava o lugar onde eu estava e, por isso não podia ter sido o denunciante. Acusar Manon! — era exatamente do que o meu coração não queria tornar-se culpado. Aquela extraordinária tristeza que tanto a acabrunhava, as suas lágrimas, o terno beijo que me tinha dado ao retirar-se, tudo isto me parecia enigmático; mas, não sei por que, sentia levado a explicá-lo como um pressentimento da nossa desgraça comum. E, enquanto me irritava com o incidente que dela me havia arrancado, tinha a ingenuidade de julgar que Manon era inda mais digna de lástima do que eu.

O resultado da minha meditação foi o persuadir-me de que teria sido visto nas ruas de Paris por algum conhecido e que disso tinha sido meu pai avisado. Esta ideia consolou-me. Contava ficar quites com algumas repreensões ou mesmo com alguma violência que teria de sofrer da autoridade paterna. Resolvi, portanto, suportar tudo com paciência e prometer tudo quanto de mim se exigisse, afim de que mais facilmente surgisse a ocasião de voltar mais prontamente a Paris e ir restituir a vida e a alegria à minha querida Manon.

Chegamos em breve a São Diniz. Meu irmão, surpreendido com o meu silêncio, imaginou-o motivado pelo receio. Procurou consolar-me, assegurando que nada tinha a temer da severidade de meu pai, contanto que estivesse disposto a entrar sem relutância no cumprimento dos meus deveres e a tornar-me digno da afeição que ele sentia por mim. Obrigou-me a passar a noite em São Diniz, tomando a precaução de fazer dormir os três lacaios no meu quarto.

O que me causou grande desgosto foi o achar-me na mesma estalagem em que tinha ficado com Manon na viagem de Amiens a Paris. O estalajadeiro e os criados reconheceram-me, adivinhando ao mesmo tempo a verdade da minha história. Ouvi dizer ao dono da casa:

— Ah! é aquele lindo rapaz que passou por aqui há seis semanas, com uma jovem a quem parecia amar tanto! Como ela era bonita! E que festas que se faziam as pobres crianças! É pena que os tenham separado.

Fingia não ouvir e ocultava o rosto o quanto podia.

Meu irmão tinha, em São Diniz, uma sege de dois lugares, na qual partimos na manhã seguinte, chegando à nossa casa ao cair da noite. Falou a meu pai antes de mim para o predispor a meu favor, contando-lhe a docilidade com que me tinha deixado conduzir, de modo que fui recebido muito menos asperamente do que esperava. Contentou-se em fazer-me algumas vagas repreensões pela falta que havia cometido, ausentando-me sem sua autorização.

Quanto ao que dizia respeito à minha amante, disse-me que eu tinha merecido tudo quanto acontecera, lançando-me assim às cegas nos braços de uma desconhecida; que tinha melhor opinião da minha prudência, mas que esperava que esta pequena aventura fizesse com que, para o futuro, tivesse mais juízo.

Aceitei as suas palavras unicamente na parte que se conciliavam com as minhas ideias. Agradeci-lhe a bondade em me perdoar e prometi-lhe que dali em diante teria conduta mais regular e submissa.

Triunfava, ainda que em segredo, pois que, pelo caminho que as coisas tomavam, não duvidava de que pudesse ter a liberdade de me evadir de casa antes mesmo do fim da noite.

Sentamo-nos à mesa para cear. Caçoaram todos de mim, pela minha conquista de Amiens e sobretudo pelo rapto desta *fiel amante*. Sofri, de cara alegre e com a melhor feição, todos os motejos. Estava até encantado por poder falar na mulher em que a minha mente só pensava. Mas, algumas palavras de meu pai fizeram com que a minha atenção redobrasse.

Falou da perfídia e dos serviços interesseiros de M. de B... Fiquei atônito ouvindo-lhe pronunciar tal nome e roguei-lhe humildemente que se explicasse melhor. Voltou-se para meu irmão perguntando-lhe se não me havia contado a história, ao que este respondeu que, tendo-me mostrado tão tranquilo durante a viagem, não julgava dever aplicar este remédio para me curar da minha loucura. Notei que meu pai hesitava em dar todas as explicações. Pedi-lhe, supliquei-lhe com tanta insistência, que satisfez por fim a minha vontade, ou para melhor dizer, assassinou-me, cruelmente com a mais horrível de todas as narrativas.

Perguntou primeiramente se eu havia tido sempre a simplicidade de acreditar que era amado pela minha amante. Respondi-lhe ousadamente que estava disso tão convencido que nada me podia infundir a menor dúvida.

— Ah! ah! ah! — exclamou ele rindo com todas as suas forças — é admirável! És um crédulo e ficam-te muito bem esses sentimentos. É pena, meu pobre cavalheiro, fazer-te entrar na ordem de Malta, quando tens tanta disposição para um marido paciente e cômodo.

Acrescentou a isto mil outros gracejos sobre o que ele chamava a minha tolice e a minha credulidade.

Por fim, como me demorasse em silêncio, continuou dizendo que, segundo o cálculo do tempo que podia fazer desde a minha partida de Amiens, Manon apenas me tinha amado doze dias.

— Porque — ajuntou ainda meu pai — sei que saíste de Amiens a 28 do mês passado; estamos a 29 do corrente; há onze dias que M. de B... me escreveu; suponho que lhe foram necessários oito para estabelecer perfeito conhecimento com a tua amante: assim, quem tira onze e oito de trinta e um dias, espaço decorrido de 28 de um mês a 29 do outro, restam doze, pouco mais ou menos.

As gargalhadas dos presentes recomeçaram.

Escutava tudo, mas o meu coração ia se confrangendo de tal modo, que temi não poder resistir até o fim da triste comédia.

— Sabe então, — continuou meu pai, — que M. de B... está de posse do coração da tua princesa, pois quer talvez divertir-se comigo fazendo-me convencer que é por um zelo desinteressado pela minha honra e pelo bom nome de todos os meus que me avisou. É exatamente de um homem como ele, e de quem não sou conhecido, que se devem esperar sentimentos tão nobres... Soube por ela que tu eras meu filho; e para se desfazer de ti como de um importuno, escreveu-me indicando o lugar onde te ocultavas e as extravagâncias em que vivias, dando ao mesmo tempo a entender que seria preciso empregar a força para te dominar; ofereceu-se para me facilitar os meios de te prender, e foi debaixo da sua direção e mesmo da de tua amante, que teu irmão achou a forma de te apanhar desprevenido. Felicita-te agora da duração do teu triunfo! Sabes vencer rapidamente, cavalheiro; mas não sabes conservar as tuas conquistas!

Não tive força para ouvir por mais tempo, aquela arenga, de que cada palavra me trespassava o coração. Levantei-me da mesa, e ainda não tinha dado quatro passos para sair da sala, quando caí sem sentidos. Fizeram-me voltar a mim por meio de prontos socorros. Abri os olhos para derramar uma torrente de lágrimas, e a boca para proferir as mais tocantes e tristes lamentações. Meu pai, que sempre me quis ternamente, empregava toda a sua afeição para me consolar. Escutava-o, mas não o entendia. Lancei-me a seus pés; pedi-lhe de mãos erguidas que me deixasse voltar a Paris para apunhalar M. de B...

— Não — dizia eu — o coração de Manon não lhe pertence; forçou-o talvez brutalmente. Manon ama-me, não o sei muito bem?! Ameaçou-a, talvez, com a morte, para obrigá-la a abandonar-me. O que não faria ele para roubar uma amante tão linda? Oh! meu Deus! seria possível que Manon me traísse e me deixasse de amar?

Como persistisse na loucura de querer voltar imediatamente para Paris, e me levantava mesmo a todos os momentos para sair, meu pai viu que, na exaltação em que me achava, nada seria capaz de conter-me. Conduziu-me para um quarto no último andar da casa, onde deixou dois criados para me fazerem sentinela à vista. Não era senhor de mim. Mil vidas que tivesse teria dado para estar em Paris um quarto de hora apenas. Compreendi que tendo-me desmascarado tão abertamente não permitiriam facilmente que saísse do quarto. Medi com a vista a altura das janelas. Não vendo meio algum de fugir por este lado, tentei seduzir os dois guardas. Comprometi-me, sob mil juramentos a fazer um dia a sua fortuna, se consentissem na minha evasão. Pedi, acariciei-os, cheguei até a ameaças; tudo foi inútil.

Perdi então toda a esperança. Resolvi morrer e atirei-me para cima da cama com a firme intenção de não a deixar senão sem vida. Passei a noite e o dia seguinte nesta situação e recusei toda a comida que me serviram.

Meu pai veio visitar-me, de tarde. Teve a bondade de lisonjear os meus pesares com as mais doces consolações. Ordenou-me tão imperiosamente que comesse alguma coisa, que obedeci para respeitar as suas ordens.

Alguns dias se passaram, durante os quais nada tomei senão na sua presença e só para me conformar com a sua vontade. Meu pai continuava sempre a dar os bons conselhos que podiam restituir-me a razão e inspirar-me o desprezo que merecia a infiel Manon. Era certo que já não a estimava. Como poderia estimar a mais volúvel e pérfida das criaturas? Mas a sua imagem, as suas feições encantadoras, que tinha indelevelmente gravadas no espírito, subsistiam ainda. Eu bem o sentia.

— Posso morrer — dizia eu — deveria mesmo morrer depois de tanta vergonha e tanta dor; mas antes mil mortes do que esquecer a ingrata Manon.

Meu pai estava espantado de ver como a minha afeição continuava tão intensa. Conhecia os meus princípios de honra e não duvidando de que a traição de Manon me infundisse justo desprezo para com ela, imaginou que a minha constância era resultante menos desta paixão em particular do que de um fraco para com todas as mulheres em geral.

Aferrou-se por tal modo a esta ideia, que, não dando ouvidos senão à muita afeição que me consagrava, me disse um dia:

— Cavalheiro, é verdade que até hoje tive intenção de te fazer portador da Cruz de Malta; mas, vendo que a tua inclinação não é para o celibato, pelo contrário, amas as belas mulheres, estou resolvido a procurar-te uma que te convenha e agrade. Dize-me o que pensas a este respeito.

Respondi-lhe que para mim não havia já distinção alguma entre as mulheres, e que depois da desgraça que me tinha acontecido detestava-as a todas igualmente.

— Procurar-te-ei uma que se pareça com Manon, e que te seja mais fiel — disse ele.

— Ah! se ainda me estima, é Manon que me deve restituir. Esteja certo, meu querido pai, que ela não me traiu, pois não seria capaz de tão negra e cruel baixeza. É o pérfido B... que nos engana — a meu pai, a ela e a mim. Se soubesse quanto Manon era terna e sincera!... Se a conhecesse, também meu pai a amaria.

— És uma criança — disse-me ele. — Como podes ainda estar cego até esse ponto, depois do que te contei a respeito? Foi ela própria quem te entregou a teu irmão. Até o seu nome deverias esquecer e aproveitar-te, se tivesses juízo da indulgência com que te tenho tratado.

Eu reconhecia claramente que meu pai tinha razão. Existia, porém, força involuntária que me fazia tomar assim o partido da minha infiel amante.

— Mas, — continuei depois de um momento de silêncio — o certo é que sou o desgraçado alvo da mais covarde de todas as perfídias. Sim, — acrescentei, derramando lágrimas de despeito — bem vejo que não passo de uma criança. Não lhe custava muito enganar a minha credulidade. Mas sei muito bem o que tenho a fazer para me vingar.

Meu pai perguntou quais eram os meus propósitos.

— Irei a Paris — respondi — deitarei fogo à casa de B... e queimá-lo-ei vivo com a pérfida Manon.

Esta bravata fê-lo rir e não serviu senão para que eu fosse vigiado ainda mais cautelosamente na minha prisão.

Aí passei seis meses, durante o primeiro dos quais pouca mudança houve nas minhas disposições. Todos os meus sentimentos não passavam duma alternativa constante de ódio e amor, de esperança ou de desespero, segundo a forma sob a qual Manon me acudia ao pensamento. Umas vezes não via nela senão a mais amável de todas as mulheres e ardia no desejo de a tornar a ver; outras, considerava-a como uma desleal e desprezível amante e fazia mil juramentos de nunca mais a procurar senão para a punir.

Deram-me livros que serviram para tranquilizar-me um pouco. Li novamente todos os meus autores prediletos. Adquiri um gosto infinito pelo estudo. O senhor verá, mais tarde, a utilidade que disto resultou para mim. A experiência que me dera o amor fez com que percebesse muitos trechos de Horácio e Virgílio, que até então me eram obscuros. Fiz um comentário amoroso ao quarto livro da *Eneida*, que tenciono ainda hoje publicar, e julgo que o público receberá com agrado. Mas ai! — dizia ao escrevê-lo — era um coração como o meu que a fiel Dido precisava.

Tiberge veio visitar-me um dia à minha prisão. Fiquei surpreendido do júbilo com que me abraçou. Ainda não tinha, contudo, provas da sua afeição que me pudessem fazer olhar por outro prisma que não fosse uma simples amizade de colégio, tal qual ela se estabelece entre rapazes pouco mais ou menos da mesma idade. Achei-o tão mudado, depois de cinco ou seis meses que passei sem o ver, que a sua presença e o tom das suas palavras infundiram-me respeito. Falou-me mais como prudente conselheiro, do que como amigo de escola. Lastimou o erro em que eu tinha caído e felicitou-me pela minha cura, que julgava muito adiantada. Enfim, aconselhou-me a aproveitar deste erro da mocidade para bem julgar da vaidade dos prazeres mundanos. Olhei-o com espanto, o que ele notou.

— Meu caro amigo, — continuou Tiberge — não te digo nada que não seja solidamente verdadeiro e de que não esteja convencido por um sério exame. Tinha tanta tendência para a voluptuosidade como tu; mas, o céu havia-me concedido ao mesmo tempo o gosto da virtude. Servi-me da razão para comparar o fruto que poderia obter de uma e outra, e não levei muito tempo em conhecer a diferença entre ambas. O socorro do céu veio em auxílio das minhas reflexões e concebi desde então tal desprezo pelo mundo que não podes imaginar a sua veemência. Adivinharás por acaso o que me retém na sociedade e que me impede de refugiar-me num lugar solitário? É unicamente a terna amizade que tenho por ti. Conheço a excelência do teu coração e do teu espírito. Nada haverá de bom de que não sejas capaz. O veneno do prazer desviou-te do justo caminho. Que perda para a virtude! A tua fuga de Amiens causou-me tanta dor que, desde então, ainda não tive um instante de satisfação e de alegria. Podes julgar a este respeito pelos passos que tenho dado.

Contou-me que, tendo visto que o havia enganado, fugindo com a minha amante, montara a cavalo para me seguir; mas que, tendo eu cinco ou seis horas de dianteira, impossível lhe fora alcançar-me; que no entanto chegara a São Diniz meia hora depois da minha partida; que, certíssimo de que eu teria ficado em Paris, passou a procurar-me inutilmente durante seis semanas; que corria todos os lugares onde julgava poder encontrar-me e que uma noite, reconhecendo a minha amante no teatro, vestida porém com tanto luxo que imaginou logo que ela devia tudo isso a algum novo protetor, tinha seguido a carruagem de Manon até à casa dela, onde soubera então, por um criado, que quem pagava toda a despesa era M. de B...

— Não satisfeito com isto, — continuou ele — voltei no dia seguinte para saber da própria boca de Manon o que era feito de ti. Despediu-me bruscamente apenas me ouviu falar no teu nome e fui obrigado a regressar à província sem nenhum esclarecimento mais. Foi aí que soube então da tua aventura e da consternação extrema a que ela te reduziu, mas não quis ver-te sem estar certo de que te encontraria mais tranquilo.

— Então viste Manon? — perguntei-lhe, suspirando. — És mais feliz do que eu, que estou condenado a não tornar a vê-la.

Tiberge repreendeu-me por este suspiro, que bem denotava ainda a minha fraqueza por ela. Lisonjeou-me ao mesmo tempo sobre a bondade do meu caráter e sobre as minhas inclinações, de tal modo que me fez nascer logo, nesta primeira visita, um forte desejo de renunciar como ele a todos os prazeres do mundo, entrando para o estado eclesiástico.

Encantou-me por tal modo esta ideia, que apenas me achei só não pensei outra coisa. Lembrei-me das palavras do bispo de Amiens, que me tinha dado os mesmos conselhos, e os presságios felizes que havia formado a meu respeito, se resolvesse a abraçar tal carreira. A crença também se mesclava às minhas considerações. Levarei uma vida santa e cristã, dizia, ocupar-me-ei só do estudo e da religião, o que não me deixará pensar nos perigosos prazeres do amor. Desprezarei o que o comum dos homens admira; e como sinto perfeitamente que o coração não deseja senão o que estima, terei assim menos inquietações do que desejos.

Sobre estes raciocínios formei de antemão um sistema de vida pacífico e solitário. Imaginava-me já numa casa retirada, com uma pequena mata e um regato de água pura ao fundo do jardim; uma biblioteca composta de livros escolhidos; um pequeno número de amizades e de bom-senso; uma mesa boa, mas frugal e ponderada. Juntava a isto uma troca de cartas com um bom amigo em Paris, que me informasse das novidades, menos para satisfazer a minha curiosidade do que para encontrar um divertimento nas loucas agitações dos homens.

— Não serei então feliz? Não se realizarão todas as minhas aspirações?

É certo que este projeto lisonjeava bastante as minhas inclinações. Mas, ao fim de um plano tão prudente e sensato, sentia que o coração esperava ainda alguma coisa mais, e que para nada desejar, na minha encantadora solidão, era forçoso ter Manon na minha companhia.

Entretanto Tiberge, continuando a fazer frequentes visitas para fortalecer o desígnio que me havia inspirado, forçou-me a declarar as minhas intenções a meu pai. Ele confessou que, sendo seu intuito deixar aos filhos a livre escolha da sua carreira, de modo algum se oporia ao meu desejo, não reservando para si mais do que o direito de me ajudar com os seus conselhos. E, na verdade, aconselhou-me ponderadamente, não com o fim de me fazer pôr de lado a minha resolução, mas, ao contrário, para me levar a persistir nela conscientemente.

A abertura das aulas aproximava-se. Combinei com Tiberge que entraríamos ambos no seminário de São Sulpício; ele para acabar os seus estudos de teologia, e eu para começar os meus. Os seus méritos, já bem conhecidos do prelado da diocese, fizeram-lhe obter um benefício considerável, antes mesmo da nossa partida.

Meu pai, julgando-me totalmente curado da violenta paixão, deixou-me seguir sem a menor dificuldade.

Chegamos a Paris. O hábito eclesiástico substituiu a Cruz de Malta; o nome de padre des Grieux o de cavalheiro. Apliquei-me com tanto afã ao estudo, que em poucos meses fiz progressos extraordinários. Nele empregava grande parte da noite e não perdia nem um minuto do dia. A minha reputação formou-se tão brilhantemente, que já me felicitavam pelas dignidades que não podia deixar de obter; e, sem que solicitasse, o meu nome foi inscrito na lista dos benefícios eclesiásticos. Os deveres religiosos não eram esquecidos; mostrava o maior fervor nos exercícios devotos. Tiberge estava encantado do que ele considerava como obra sua; e muitas vezes o vi chorar, aplaudindo-se daquilo a que chamava a minha conversão.

Que as resoluções humanas estejam sujeitas a modificar-se, nunca me causou admiração: uma paixão as faz nascer, uma outra as pode destruir; mas, quando penso na santidade das que me conduziram até

São Sulpício, e na alegria interior que o céu me fazia sentir ao executá-las, fico horrorizado da facilidade com que as calquei aos pés. Se é certo que o socorro celeste é sempre igual à força das paixões, que me expliquem então como, ou por que funesta influência, podemos ser arrastados para longe do nosso dever num abrir e fechar de olhos, sem nos sentirmos capazes da menor resistência e sem o mais leve remorso.

Julgava-me totalmente liberto das fraquezas do amor. Parecia-me que preferia a leitura de uma página de Santo Agostinho, ou um quarto de hora de meditação cristã, a todos os prazeres dos sentidos, sem excetuar mesmo aqueles que Manon poderia oferecer. Contudo, um instante desgraçado fez-me recair no precipício, e a minha queda foi tanto mais irreparável quanto, achando-me de repente no mesmo abismo que tinha saído, os meus novos desvarios levaram-me ainda mais para o fundo.

Eu já havia passado um ano em Paris sem querer saber de Manon. A princípio, uma tal violência feita ao meu coração alguma coisa me custou, mas os conselhos sempre oportunos de Tiberge e a minha própria reflexão fizeram-me triunfar. Os últimos meses tinham decorrido tão tranquilos, que julgava poder esquecer para sempre essa encantadora mas pérfida criatura. Aproximava-se o dia em que devia sustentar um debate público na Escola de teologia. Mandei pedir a diversas pessoas de consideração, que se dignassem honrar o meu ato com a sua presença. Por esta forma, o meu nome espalhou-se por todos os bairros de Paris, chegando mesmo aos ouvidos da minha infiel amante. Estou bem certo de que ela não o reconheceu, sob o título de padre; mas, um resto de curiosidade, ou talvez mesmo o arrependimento de me ter traído (nunca pude saber qual destes dois sentimentos a guiara), fez-lhe tomar interesse por um nome tão semelhante ao meu. Veio, pois, à Sorbonne, juntamente com outras damas. Assistiu ao meu exercício, e sem dúvida que não teve grande trabalho para me reconhecer.

Não tive a menor notícia desta visita. Como se sabe há nestes lugares gabinetes particulares para as senhoras, onde elas ficam ocultas por meio de uma persiana. Voltei a São Sulpício coberto de glória e carregado de congratulações. Eram seis horas da tarde. Vieram avisar-me, logo depois da minha chegada, de que uma dama perguntava por mim e queria ver-me.

Corri imediatamente ao locutório. Meu Deus! Que aparição surpreendente! Encontrei Manon. Era ela, mais amável e mais sedutora do que nunca! Estava com dezoito anos. Os seus encantos ultrapassavam tudo quanto sobre eles se pudesse dizer. Que figura tão fina, tão doce, tão atraente! Era o próprio Amor! Toda ela me pareceu um encanto.

Fiquei atônito diante dela e não podendo conjeturar qual seria o fim da visita, esperei, de olhos baixos e tremendo, que ela se explicasse. O seu embaraço foi, durante alguns segundos, igual ao meu; mas, vendo que o meu silêncio continuava, levou as mãos aos olhos para ocultar as lágrimas. Disse-me, com voz tímida, que confessava a sua infidelidade, e que bem merecia o meu ódio, mas que se na verdade eu tinha sentido por ela algum amor, levei a crueldade ao requinte, deixando que se passassem dois anos sem procurar saber do seu destino, e que mostrava ainda maior crueldade vendo-a tão consternada junto de mim sem lhe dizer uma só palavra. Não saberia exprimir a perturbação do meu espírito, ao ouvi-la.

Sentou-se. Eu fiquei de pé, meio voltado, não ousando encará-la diretamente. Muitas vezes comecei uma resposta que não conseguia acabar. Enfim, depois de um esforço supremo, exclamei dolorosamente:

— Pérfida Manon! Ah! Pérfida! Pérfida!

Repetiu-me, chorando amargamente, que não pretendia justificar a sua perfídia.

— Então o que pretende? — interroguei eu ainda.

— Quero morrer, se o seu coração não me for restituído, porque sem ele não posso viver!

— Pede pois a minha vida, infiel! — respondi por minha vez, derramando copiosas lágrimas que em vão tentei impedir. — Pede a minha vida que é a única coisa que me resta para te dar, porque o meu coração nunca deixou de te pertencer.

Apenas tinha acabado de proferir estas últimas palavras, Manon, levantando-se exaltadamente, correu a beijar-me. Subjugou-me com as mais apaixonadas carícias; chamou-me de todos os nomes que o amor inventa para exprimir as suas mais vivas ternuras. Eu correspondia ainda frouxamente.

Que fuga tão espantosa da situação tranquila em que me encontrava, para a agitação tumultuosa que sentia renascer! Estava aterrado.

Tremia como acontece quando nos achamos de noite no meio de uma vasta planície deserta e que nos sentimos assaltados por um pavor secreto que não nos abandona sem termos observado largo tempo o terreno onde nos achamos.

Sentamo-nos um junto do outro. Estreitei as suas mãos nas minhas.

— Ah! Manon — disse, contemplando-a tristemente — nunca esperei a negra traição com que pagaste o meu amor. Bem fácil te foi enganar um coração que era todo teu e cuja felicidade se resumia em agradar-te e obedecer-te. Dize-me agora se encontraste um outro tão terno e tão submisso. Não, não; a natureza não fez dois corações da têmpera do meu. Dize-me agora ao menos se alguma vez de mim te lembraste com saudade. Que importância devo eu ligar a esse arrependimento que te trouxe hoje até junto de mim para me consolares? O que vejo é que cada vez estás mais encantadora; mas, em nome de todos os desgostos que tenho sofrido por ti, promete-me, minha bela Manon, que me serás mais fiel.

Respondeu-me com tocantes palavras de sincero arrependimento; e jurou-me fidelidade eterna por meio de protestos tais que me enterneceram a um ponto inexprimível.

— Minha querida Manon — continuei com uma mistura profana de expressões teológicas e amorosas, — és por demais adorável para uma mulher. Vou perder o meu futuro e a minha reputação por tua causa, bem o sei. Leio o meu destino nos teus olhos encantadores. Mas, do que não serei capaz pelo teu amor?... Os favores da fortuna não me interessam; a glória parece-me fumaça; todos os meus projetos de vida eclesiástica não eram mais do que criações de louca imaginação; enfim, todos os gozos diferentes dos que espero alcançar com a tua posse, são para mim bem desprezíveis, pois que eles não prevaleceriam um só momento no meu coração, sob os teus olhos.

Ao passo, porém, que lhe prometia um total esquecimento de todas as suas faltas, quis contudo ser informado de que modo se tinha deixado seduzir por M. de B... Manon contou-me que ele, tendo-a visto à janela, havia ficado loucamente enamorado e fizera-lhe a sua declaração como arrematante geral das rendas do Estado, isto é, observando-lhe, numa carta, que a recompensa seria proporcional aos favores; que ela, a princípio, capitulara sem outro intuito que não fosse extorquir-lhe alguma soma considerável com que nós ambos pudéssemos viver comodamente, mas que, fascinada depois pelas mais deslumbrantes promessas, pouco a pouco fora cedendo; que eu, no entanto, bem deveria avaliar os seus remorsos pela dor com que a tinha visto acabrunhada na véspera da separação; que, apesar da opulência de que ele a rodeara, nunca havia tido um só momento de felicidade, não só porque, segundo disse Manon, não achava em M. de B... a delicadeza dos meus sentimentos e a amabilidade das minhas maneiras, mas porque no meio do turbilhão dos prazeres que ele sem cessar lhe oferecia, havia no fundo do seu coração a imagem viva do nosso amor e os remorsos da sua infidelidade. Falou-me de Tiberge e da confusão que a sua visita lhe causou.

— Uma espada que me cravasse no coração não teria doído tanto. Voltei-lhe as costas, pois não podia suportar a sua presença — declarou ela.

Manon continuou dizendo-me por que forma tinha sabido da minha estada em Paris, da transformação da minha carreira e dos meus exercícios na Sorbonne. Assegurou que tinha estado tão agitada durante o meu ato, que muito lhe custara, não só reter as lágrimas, mas mesmo os seus gemidos e gritos, que mais de uma vez estiveram para rebentar. Enfim, disse-me que tinha sido a última a sair, para ocultar a sua comoção, e que não tendo escutado senão a voz do coração e a impetuosidade do seu desejo, correra diretamente ao Seminário na firme ideia de aí morrer se eu não estivesse disposto a perdoá-la.

Onde se encontraria o bárbaro a quem tão vivo e sincero arrependimento não comovesse? Quanto a mim, senti nesse momento que teria sacrificado a Manon todos os bispados do mundo cristão. Perguntei-lhe qual o rumo que devíamos dar aos nossos destinos. Disse-me que era preciso sair imediatamente do Seminário e tratarmos de arranjar um lugar seguro onde pudéssemos viver. Acedi a todas as suas vontades sem replicar. Manon entrou na sua carruagem para ir me esperar à esquina da rua; e eu, um momento depois, escapei-me do locutório, sem ser visto pelo porteiro. Subi para o lado dela, e no caminho entramos numa loja. Tornei outra vez a ornar-me com os galões e a espada. Manon pagou a despesa, pois eu não tinha nem um soldo, e temendo que encontrasse algum obstáculo à minha saída de São Sulpício, ela nem ao menos quis que eu fosse à cela buscar o dinheiro que lá possuía. Os meus tesouros eram além disso medíocres, e Manon estava suficientemente rica com as liberalidades de M. de B... para desprezar aquilo que me fazia abandonar. Na própria loja combinamos o que havíamos de fazer.

Para engrandecer a meus olhos ainda mais o sacrifício que ela me fazia de M. de B..., Manon resolveu não ter para com ele a menor atenção.

— Deixar-lhe-ei todos os seus móveis, são dele; mas levarei, porque é de justiça, todas as joias e perto de sessenta mil francos que lhe arranquei durante dois anos. Não lhe dei nenhuma autoridade sobre mim, portanto podemos estar sem receio em Paris, onde alugaremos uma casinha cômoda e elegante, e viveremos felizes.

Afirmei-lhe que, se não havia perigo para ela havia-o para mim, e bastante, porque cedo ou tarde não deixaria de ser reconhecido e continuamente havia de estar exposto à desgraça que já uma vez pesara sobre mim. Manon deu-me a entender que teria pena de deixar Paris e eu temia tanto causar-lhe o menor desgosto, que afrontaria tudo contanto que lhe agradasse. Achamos, porém, um meio termo, muito razoável, que foi o de alugarmos uma casa nos arrabaldes de Paris, de onde nos seria fácil ir à cidade quando o prazer ou a necessidade a ela nos chamasse. Escolhemos Chaillot, que é pouco afastado. Manon voltou imediatamente à sua casa. Fiquei esperando-a junto à pequena porta do jardim das Tulherias.

Uma hora depois estava de regresso, vindo numa carruagem de aluguel, com a criada que a servia e algumas malas onde os seus vestidos e tudo quanto tinha de precioso estavam encerrados.

Não tardamos em chegar a Chaillot. Dormimos a primeira noite na estalagem para termos tempo de procurar uma casa que nos conviesse e fosse do nosso gosto; achamo-la no dia seguinte.

A minha felicidade pareceu-me, a princípio, estabelecida por forma inquebrantável. Manon era a doçura e a complacência em pessoa. Tinha para mim tão delicadas atenções que cheguei a me julgar perfeitamente compensado de todos os sacrifícios. Como havíamos adquirido certa experiência, não será para admirar que fizéssemos algumas reflexões sobre a estabilidade da nossa fortuna. Sessenta mil francos não era soma que pudesse durar tanto tempo como a nossa vida. Além disso, não estávamos dispostos a restringir a despesa, pois não era decerto a economia a primeira virtude de Manon, nem tampouco a minha.

Eis o plano que propus:

— Sessenta mil francos — disse-lhe eu — podem sustentar-nos durante dez anos, pois nos bastam dois mil escudos anuais se continuarmos a viver em Chaillot. Aqui passaremos uma vida pacífica e simples. A nossa única despesa extraordinária será a do custeio de uma carruagem e o teatro. Estabeleceremos uma regra. Tu gostas da Ópera: iremos lá duas vezes por semana. Quanto ao jogo, tomaremos cuidado, de modo que as nossas perdas nunca excedam de dois dobrões. É impossível que no espaço de dez anos, não haja mudança na minha família; meu pai é idoso: pode morrer. Então estaremos ao abrigo de todos os receios.

Esta linha de conduta não teria sido a ação mais louca da minha vida, se houvéssemos tido o bom-senso de a seguirmos à risca. Mas, a nossa boa vontade não durou mais de um mês. Manon tinha a paixão dos prazeres e eu estava louco por ela. A todos os momentos surgiam novas ocasiões de despesa, e longe de a censurar pelas somas que ela gastava com profusão, eu era o primeiro a adivinhar-lhe os pensamentos e a ir ao encontro dos seus menores desejos. A nossa habitação em Chaillot começou a ser para ela um encargo.

O inverno aproximava-se. Todos voltavam para a cidade e o campo ficava deserto. Manon propôs-me o regresso a Paris. Não acedi à proposta; mas, para a satisfazer em alguma coisa, disse-lhe que podíamos alugar na capital um quarto mobiliado para passarmos as noites, quando acontecesse demorarmos demasiadamente nas visitas que muitas vezes fazíamos durante a semana, pois o incômodo de voltarmos na mesma noite e fora de horas para Chaillot era o pretexto que ela invocava para deixar a casa. Assim, ficamos com duas habitações: uma na cidade, outra no campo. Esta mudança trouxe rapidamente a desordem aos nossos negócios, sendo a origem de dois acontecimentos que causaram a nossa ruína.

Manon tinha um irmão que era soldado da guarda real. Desgraçadamente, porém, deu-se a circunstância de morar na rua que nós habitávamos em Paris. Reconheceu sua irmã vendo-a certa manhã à janela, e correu imediatamente à nossa casa. Era um homem brutal e sem o menor princípio de honra. Entrou no nosso quarto praguejando horrivelmente e, como conhecia parte das aventuras de sua irmã, atormentou-a com injúrias e acusações.

Eu tinha saído momentos antes, o que, sem dúvida alguma, foi uma grande felicidade, quer para ele quer para mim, que não estava disposto a tolerar o menor insulto. Quando voltei para casa ele tinha saído. A tristeza de Manon denunciou-me que na minha ausência alguma coisa de extraordinário se passara.

Contou a cena vergonhosa que acabava de ter com seu irmão e as ameaças que este lhe fizera.

Ressenti-me de tal modo com a afronta, que correria a vingar-me imediatamente se as lágrimas da pobre criatura não me retivessem a seu lado.

Enquanto conversava com ela sobre este incidente, o soldado da guarda real entrou no aposento onde estávamos, sem mesmo se fazer anunciar. Decerto não o receberia tão polidamente como o fiz, se o tivesse conhecido; mas, tendo-nos cumprimentado com ar risonho, teve ensejo de dizer a Manon que lhe vinha pedir desculpas da sua exaltação, pois a julgara entregue a uma vida dissoluta e fora isto que lhe excitara a cólera. Mas que tendo-se informado de quem eu era com um dos nossos criados, soubera a meu respeito coisas tão favoráveis que lhe fizeram nascer o desejo de viver de bem conosco.

Ainda que esta informação, que obtivera de um dos lacaios, tivesse alguma coisa de ofensiva e de esquisita, recebi os seus cumprimentos com dignidade. Pensei que, por este modo, causaria prazer a Manon. Ela parecia encantada com o fato de seu irmão estar pronto a reconciliar-se.

Convidamo-lo para jantar, ao que ele aceitou prontamente.

Em poucos momentos tornou-se tão familiar, que, tendo-nos ouvido falar da nossa volta para Chaillot, quis insistentemente acompanhar-nos e forçoso nos foi dar-lhe um lugar na carruagem. Foi uma espécie de tomada de posse, porque bem depressa se acostumou a nos visitar e com tanto gosto que fez da nossa casa a sua, e tornou-se também senhor de tudo quanto nos pertencia. A mim chamava-me seu irmão, e, sob pretexto da liberdade fraternal, quase que trouxe todos os seus amigos para a nossa casa de Chaillot, onde os banqueteava à nossa custa. Fez com que pagássemos todas as suas dívidas. Eu fechava os olhos a tamanho desaforo para não desagradar Manon, a ponto mesmo de fingir que ignorava que seu irmão lhe extorquia continuamente somas consideráveis. É verdade que, sendo um jogador viciado, tinha a delicadeza de pagar uma parte do dinheiro que lhe pedia, quando a fortuna o favorecia. Mas os nossos recursos eram medíocres, para proverem por muito tempo a despesas tão exageradas.

Estava a ponto de ter com ele uma explicação categórica para nos libertarmos das suas exigências quando um funesto incidente veio poupar-me deste desgosto, causando-nos outro maior que nos arruinou completamente.

Tínhamos ficado um dia em Paris, para aí dormirmos, como tantas vezes nos acontecia. A criada que ficava em Chaillot, veio avisar-me no dia seguinte, logo de manhã, que tinha havido um incêndio em casa durante a noite e que bastante trabalho houvera para extingui-lo.

Perguntei-lhe se a nossa mobília havia sofrido algum dano. Respondeu que tinha sido tal a desordem com a multidão de estranhos que foi em socorro, que ela nada podia afirmar com certeza. Tremi pelo nosso dinheiro que estava guardado num pequeno cofre. Corri imediatamente a Chaillot. Trabalho inútil! O cofre havia desaparecido!

Foi então que eu soube que se pode amar o dinheiro sem avareza.

Esta perda causou-me uma dor tão profunda, que pensei perder também o juízo. Compreendi imediatamente que tornava a ficar exposto a novas desgraças e à mais triste indigência. Conhecia Manon. Sabia perfeitamente que, por muito fiel e dedicada que me fosse durante a fortuna, era preciso não contar com ela na miséria. Ela amava demais a abastança e os prazeres para que os sacrificasse por mim.

— Perdê-la-ei! — exclamava comigo mesmo. — Desgraçado cavalheiro, vais ficar ainda uma vez sem aquela que amas.

Esta suspeita perturbou-me por tal forma que pensei por alguns instantes em acabar com todos os meus males, suicidando-me.

No entanto, conservei ainda a presença de espírito suficiente para examinar se nenhum recurso me restava para o futuro. O céu fez-me nascer uma ideia que diminuiu de certo modo o meu desespero: julguei que não seria impossível ocultar esta perda a Manon e que, pelas minhas aptidões ou por qualquer favor do acaso, poderia prover às nossas necessidades, sem que ela sentisse a menor falta.

— Julguei — dizia comigo mesmo para me consolar — que vinte mil escudos nos bastariam durante dez anos. Suponhamos que os dez anos estão decorridos e que não ocorreu nenhuma das mudanças que eu esperava na minha família. Que partido tomaria? Não sei: mas o que teria feito neste caso ninguém me impede de fazê-lo agora. Quantas pessoas vivem em Paris que não têm nem a minha instrução nem as minhas qualidades naturais, e que no entanto angariam os meios de subsistência com o próprio esforço!

A Providência — acrescentei ainda, reflexionando nos diferentes estados da vida, não dispôs tudo tão sabiamente. A maior parte dos grandes e dos ricos não passam de uns néscios. Isto é claro para quem conhece um pouco o mundo. Ora, nesta distribuição há uma justiça admirável. Se juntassem o talento à riqueza, eles seriam demasiadamente felizes e os restantes demasiadamente miseráveis. As qualidades do corpo e da alma são concedidas a estes últimos para os tirarem da miséria e da pobreza. Uns tomam parte na riqueza dos grandes, contribuindo para os seus prazeres, e os enganam; outros servem para instruí-los e procuram fazer deles alguma coisa, o que na verdade é bem raro conseguir; mas, não é essa a finalidade da sabedoria divina. Colherão sempre um fruto dos seus trabalhos, que é o de viverem à custa daqueles a quem instruem; e, de qualquer modo que se olhe a questão, sempre acharemos um excelente rendimento para os pequenos na tolice e na ignorância dos ricos e dos grandes.

Estas considerações acalmaram-me um pouco o cérebro e o coração.

Resolvi primeiro ir consultar o Senhor Lescaut, irmão de Manon, que conhecia perfeitamente Paris e de quem tive várias ocasiões de observar que o seu dinheiro não provinha nem dos seus bens nem tampouco do seu soldo. Apenas me restavam vinte dobrões que milagrosamente tinha metido na algibeira. Mostrei-lhe o estado das minhas finanças, explicando-lhe o meu infortúnio e comunicando-lhe os meus receios. Ao mesmo tempo pedi-lhe que me dissesse se haveria para mim um partido a escolher, entre o de morrer de fome ou o de fazer saltar os miolos de desespero. Respondeu-me que o suicídio era o recurso dos tolos, e que, quanto a morrer de fome, só quem assim o queria assim o tinha; que dependia de mim examinar do que seria capaz e que em todo caso contasse com o seu auxílio e conselhos em todos os meus projetos.

— Isso, na verdade, é muito vago, senhor Lescaut — respondi eu. — A minha situação pede remédio mais pronto e enérgico. Que hei de dizer a Manon?

—A propósito de Manon, — atalhou ele, que é que lhe causa tanto receio? Não tem na beleza e na figura de minha irmã um meio de pôr termo a todas as dificuldades quando assim o desejar? Uma jovem como ela devia sustentar-se a si, a mim e ao senhor.

Lescaut cortou-me a resposta que merecia tamanha infâmia, para continuar dizendo que antes da noite me garantia mil escudos para dividir entre nós, se eu quisesse seguir o seu conselho, porque conhecia um homem tão liberal no capítulo dos prazeres, que estava bem certo de que nada lhe custaria dar esses mil escudos para obter os favores de uma mulher como Manon.

Interrompi-o nesta altura.

— Eu tinha melhor opinião a seu respeito — respondi; — parecia-me que o motivo que o senhor teve para me conceder a sua amizade, era um sentimento totalmente oposto àquele que agora demonstra.

Confessou-me impudentemente que sempre tinha pensado do mesmo modo, e que tendo sua irmã violado uma vez as leis de seu sexo, não obstante havê-lo feito com o homem que mais amava, não se havia contudo reconciliado com ela, senão na firme esperança de tirar o maior partido da sua conduta censurável.

Só então é que pude julgar que nós ambos havíamos sido logrados pelo senhor Lescaut.

Por muito má impressão que tais palavras me causassem, a imediata necessidade que eu tinha do seu auxílio forçou-me a responder, rindo, que um tal conselho era o recurso a que apenas se recorreria em última circunstância. Pedi-lhe que indicasse outro caminho.

Propôs então que me aproveitasse da minha juventude e da figura elegante com que a natureza me havia dotado, para conseguir relações amorosas com alguma velha dama generosa. Este expediente, que me teria levado a ser infiel a Manon, não teve ainda o meu voto.

Falei do jogo como do meio mais fácil e mais conveniente à minha situação.

Respondeu que o jogo, conquanto fosse bom recurso, necessitava ser estudado; que, pretender jogar, confiando apenas nas esperanças usuais do ganho, era o meio de completar a minha ruína; que procurar exercê-lo só e sem auxílio, usando dos pequenos meios que um homem hábil emprega para corrigir a falta de sorte, seria ocupação demasiadamente perigosa; que havia um terceiro meio, e era o da sociedade; mas que a minha juventude fazia-lhe recear que os senhores confederados não me julgassem ainda com as qualidades necessárias e próprias para entrar na liga. No entanto, prometeu os seus bons ofícios junto deles; e — o que nunca teria esperado de tal indivíduo — ofereceu-me dinheiro para quando me achasse totalmente desprovido dele. O único favor que lhe pedi no momento, porém, foi o de não informar Manon das atribulações que tivera e do objetivo da nossa conversa.

Saí de casa muito menos satisfeito do que quando para lá entrei. Arrependi-me até de lhe ter confiado o meu segredo. Ele não tinha feito em meu auxílio nada que eu mesmo não pudesse obter sem a minha indiscrição; e temia muito que faltasse à promessa de nada dizer a Manon.

Tinha também motivo para recear, atendendo à confissão dos seus sentimentos, que ele estivesse resolvido a tirar partido de sua irmã, segundo as suas próprias palavras, arrebatando-a de mim ou pelo menos aconselhando-a a deixar-me para tomar novas relações com outro amante mais rico e mais feliz.

Sobre isto fiz mil reflexões, que não tiveram outro resultado senão o de atormentar-me e renovar o desespero que de manhã me invadira.

Assaltaram-me, muitas vezes, tentações de escrever a meu pai, fingindo uma nova conversão, a fim de obter dele algum dinheiro; mas vinha logo a lembrança de que, apesar de toda a sua bondade, tinha me conservado preso, seis meses numa estreita cadeia, pela minha primeira falta, e bem certo estava de que, depois de um escândalo como o que a minha fugida de São Sulpício deveria ter produzido, tratar-me-ia ainda mais rigorosamente.

Esta confusão de pensamentos trouxe-me, finalmente, uma ideia que num instante me apaziguou, admirando-me de que há mais tempo não me tivesse lembrado dela. Foi a de recorrer ao meu amigo Tiberge, no qual bem certo estava eu de encontrar sempre o mesmo zelo e amizade.

Nada há tão belo, nada faz mais honra à virtude do que a confiança com que nos dirigimos às pessoas cuja probidade é geralmente conhecida. Sente-se que não há risco a correr: e se nem sempre as achamos em circunstâncias de nos prestarem auxílio, temos a convicção de que ao menos encontraremos a bondade e a compaixão. O coração que se fecha, com tanto cuidado, ao resto dos homens, abre-se naturalmente em sua presença, como uma flor se desabrocha à luz do sol, do qual ela não esperava mais que uma doce influência.

Olhei como prova da proteção do céu o ter-me lembrado de Tiberge, tão a propósito, e resolvi procurar a maneira de o ver antes da noite. Voltei imediatamente para casa para lhe escrever um bilhete e indicar-lhe um lugar próprio para a nossa entrevista. Pedi-lhe silêncio e discrição, como um dos mais importantes serviços que poderia prestar na situação em que me encontrava.

A alegria que a esperança de o ver inspirava, de algum modo velou os sinais de pesar que Manon não poderia deixar de ler em meu rosto. Falei-lhe da nossa desgraça de Chaillot como de uma bagatela que de modo algum a devia inquietar. E sendo Paris a cidade do mundo onde ela vivia com mais prazer, em nada a contrariou o ouvir-me dizer que ficaríamos aí até que se reparassem em Chaillot alguns ligeiros estragos do incêndio.

Uma hora depois, recebi a resposta de Tiberge prometendo ir ao lugar que lhe designara. Esperei com a maior impaciência por esse momento, ainda que cheio de vergonha por ter que me apresentar diante de um amigo, cuja presença era já uma acusação a todos os meus desvarios. Mas a opinião que formava da bondade de coração de Tiberge e o meu amor por Manon deram-me forças e audácia.

Tinha-lhe pedido que fosse ao jardim do Palácio Real. Quando cheguei já ele lá estava, e apenas me avistou correu a abraçar-me, apertando-me muito tempo entre os seus braços e molhando-me o rosto com as suas lágrimas.

Disse-lhe que me apresentava na sua presença envergonhado e cheio de remorsos por causa do meu mau comportamento e ingratidão; que a primeira coisa que lhe suplicava era que dissesse se ainda podia considerá-lo amigo, tendo merecido tão justamente perder a sua estima e a sua afeição.

Respondeu, no tom mais terno e amável, que nada seria capaz de o fazer renunciar a esta qualidade; que as minhas próprias desventuras e, se eu lhe permitia, as minhas faltas e erros tinham duplicado a sua ternura para comigo, mas ternura amargurada pelo mais profundo pesar, precisamente como se deve sentir por quem nos é caro e que vemos lançar-se à perdição sem lhe podermos prestar socorro.

Sentamo-nos num banco.

— Ai de mim — continuei com um suspiro partindo do fundo do coração. — A tua paixão deve ser enorme, se me asseguras que é igual às minhas desgraças e loucuras. Tenho vergonha de as contar, pois que a causa delas não é gloriosa; mas os efeitos são por tal modo tristes, que não há necessidade de ser-se tão meu amigo como tu és para se ficar comovido.

Pediu-me, como sinal de amizade, que lhe contasse, sem o menor disfarce, tudo quanto tinha acontecido depois da minha fuga de São Sulpício. — Satisfiz-lhe o pedido e, longe de atenuar a mais leve coisa da verdade, ou de diminuir o vulto dos desvarios, para os tornar mais desculpáveis, falei da minha paixão com toda a eloquência que ela me inspirava. Representei-a como um desses revezes particulares, ditados pelo destino inflexível, que cavam a ruína de um ser miserável, e dos quais é tão impossível defender-se a virtude como o é ao bom-senso evitá-los. Fiz-lhe viva pintura dos meus desgostos, do meu desassossego, do desespero em que me achava duas horas antes de o ver, e daquele em que ia cair, se os meus amigos me abandonassem tão implacavelmente como a sorte. Enfim, por tal forma enterneci o bom Tiberge que ele ficou tão acabrunhado e compadecido dos meus sofrimentos como eu o estava pelo sentimento dos meus próprios males.

Não se cansava de me abraçar, convidando-me a que tivesse coragem e resignação; mas, como ele baseava os seus conselhos na minha separação de Manon, fiz-lhe compreender claramente que tal separação era o que eu olhava como o maior dos meus infortúnios, e que estava disposto não só a sofrer a maior crueldade da miséria, mas até a mais dura morte, que eu preferia a um remédio para mim mais insuportável do que todos os meus infortúnios.

— Explica-te então — disse ele. Em que te posso valer, se te revoltas contra todas as minhas propostas?

Não tive coragem de dizer-lhe que era da sua bolsa que tinha necessidade; mas Tiberge compreendeu por fim, e ficou algum tempo calado e pensativo, como quem hesitava na resolução a tomar.

— Não julgues — disse ele — que o meu devaneio provenha de resfriamento de zelo e amizade. Mas, em que alternativa me colocas tu, se tenho necessidade, ou de recusar o único auxílio que tu aceitas ou de faltar ao meu dever concedendo-te? Pois não será tomar parte nos teus desatinos dar-te meios para os continuares? No entanto, — continuou Tiberge após momentos de reflexão — imagino que é provavelmente o estado violento em que a indigência te lança que não te deixa escolher o melhor caminho para trilhares. Para que se avalie a virtude e o bom-senso é indispensável a tranquilidade do espírito.

— Vou tratar de conseguir-te algum dinheiro. Permite-me, porém, meu caro cavalheiro — ajuntou Tiberge abraçando-me — que te imponha só uma condição: é a de me dizeres aonde moras, e que sofras com paciência os meus sermões, para de novo te conduzires ao caminho da virtude, porque sei que a amas, e da qual só te afasta a violência das paixões.

Concedi-lhe do melhor agrado o que ele desejava, pedindo-lhe que lastimasse a malignidade da minha estrela, que tão mal me fazia aproveitar os conselhos de um amigo virtuoso. Levou-me depois à casa de um banqueiro seu conhecido que me adiantou, sob a responsabilidade de Tiberge, cem dobrões, pois, como já disse, o meu amigo não era rico e não possuía aquela soma. O benefício eclesiástico de Tiberge valia mil escudos, mas como era o primeiro ano que o possuía, ainda não recebera o seu rendimento, e era sobre o fruto futuro dos seus trabalhos que ele fazia este empréstimo.

Senti todo o preço da sua generosidade. Fiquei comovido a ponto de deplorar a cegueira de um amor fatal, que me obrigava a violar todos os deveres. Durante alguns momentos, a virtude teve força bastante para se erguer altiva contra a minha paixão e eu senti, pelo menos, neste instante luminoso, a vergonha e a indignidade do meu procedimento. Infelizmente esta luta durou pouco. Um olhar de Manon me faria precipitar do céu. E admirei-me, ao achar-me de novo junto dela, de que pudesse ter considerado vergonhosa uma ternura tão justa por uma criatura tão encantadora.

Manon tinha um caráter extraordinário. Nunca mulher alguma, na sua posição, teve menos amor ao dinheiro do que ela; mas não podia estar tranquila por muito tempo, quando o receio de que ele lhe faltasse a vinha atormentar. Eram os passatempos e os prazeres as suas primeiras necessidades. Nunca teria gasto um soldo se pudesse divertir-se sem o dispender. Nem sequer se informaria do estado do nosso dinheiro, contanto que pudesse passar os dias agradavelmente; de modo que, não sendo excessivamente inclinada ao jogo nem capaz de deixar-se deslumbrar pelo fausto das grandes despesas, era bem fácil satisfazê-la, oferecendo-lhe diariamente diversões de que ela gostasse. Era tão necessário a Manon viver assim ocupada pelo prazer, que não havia outra maneira de dominar o seu humor e as suas tendências. Ainda que tivesse por mim um terno amor e fosse eu o único homem que pudesse fazer-lhe sentir as doçuras desse afeto, estava seguro de que a sua ternura não seria bastante forte para subsistir contra certos receios. Ela teria me preferido ao mundo inteiro, com uma fortuna medíocre; mas não duvidava de que Manon me abandonaria por algum novo B... logo que não me restassem mais do que a constância e a ternura para lhe oferecer.

Resolvi, portanto, regular a minha despesa particular de tal modo, que estivesse sempre em estado de prover às suas exigências, preferindo antes privar-me das coisas indispensáveis do que faltar a ela com o supérfluo. A carruagem era o que me dava mais cuidado, pois não tinha meios de poder sustentar um cocheiro e os cavalos.

Contei todos os meus temores ao senhor Lescaut, não lhe ocultando que tinha recebido cem dobrões de um amigo. De novo ele me tornou a repetir que, se quisesse tentar os azares do jogo, não tinha dúvida de que, sacrificando uma centena de francos para agradar os seus associados, eu pudesse ser admitido por sua interferência, na Liga dos jogadores. Por maior que fosse a minha repugnância em enganar alguém, deixei-me arrastar pela cruel necessidade.

Lescaut apresentou-me, nessa mesma noite, como um dos seus parentes, acrescentando que eu estava, tanto mais disposto a conseguir os meus fins, quanto é certo que tinha necessidade dos maiores favores da fortuna. Contudo, para fazer crer que a minha miséria não era a de um pobretão, disse-lhes que eu estava disposto a pagar-lhes a ceia. O oferecimento foi aceito com entusiasmo e tratei-os magnificamente. Falaram muito tempo da gentileza da minha figura e das minhas felizes disposições. Pretendiam que havia muito a esperar de mim, pois que, tendo na fisionomia alguma coisa que denotava um homem honrado, ninguém desconfiaria dos meus artifícios. Enfim, agradeceram ao senhor Lescaut o ter recrutado para a ordem um noviço com o meu mérito, e encarregaram um dos membros dessa ordem de me fornecer por alguns dias as instruções essenciais.

O teatro principal das minhas explorações devia ser o hotel da Transilvânia, onde havia uma banca de *faraó* e vários outros jogos de cartas e dados. Esta espelunca pertencia ao príncipe de R... que então habitava em Clagny, sendo a maior parte dos seus servos filiados da nossa associação.

Contarei, para minha vergonha! Aproveitei-me em pouco tempo das lições do meu instrutor. Adquiri sobretudo imensa habilidade em empalmar as cartas; com o auxílio de um par de punhos, fazia as escamoteações com tanta destreza que enganava os olhos mais perspicazes, e arruinei, sem ostentação, muitos jogadores honestos. Esta perfeição extraordinária ativou tanto o progresso da minha fortuna que me achei em poucas semanas na posse de somas consideráveis, além daquelas que de boa fé partilhava com os meus associados.

Não receei então em contar a Manon a nossa perda de Chaillot e, para a consolar, ao dar-lhe esta desagradável notícia, aluguei uma casa mobiliada, onde fomos viver com opulência e segurança.

Tiberge, durante este intervalo de tempo, não havia deixado de me visitar frequentes vezes. A sua moral e os seus sermões eram intermináveis. A toda hora me lembrava o mal que eu fazia à minha consciência, à minha honra e à minha fortuna. Eu recebia os seus conselhos com amizade, e ainda que não tivesse a menor intenção de segui-los, agradecia-lhe interiormente as suas palavras, porque bem conhecia o sentimento que as ditava. Algumas vezes caçoei dele risonhamente, mesmo na presença de Manon, dizendo-lhe que não pretendesse ser mais escrupuloso do que um grande número de bispos e padres que sabem perfeitamente conciliar uma amante com um benefício.

— Vê — continuava eu, mostrando-lhe Manon — e dize-me se há erros que uma causa tão bela não justifique.

Tiberge enchia-se de paciência e até mesmo a levou muito longe. Mas, quando viu que as minhas riquezas iam aumentando e que não só eu lhe tinha pago os seus cem dobrões como além disso tinha alugado uma nova casa e duplicado a minha despesa, engolfando-me cada vez mais nos prazeres, mudou inteiramente de tom e de maneiras. Queixava-se da dureza do meu coração. Ameaçava-me com os castigos do céu, predizendo-me uma parte das desgraças que infelizmente não tardaram a abater-se sobre mim.

— É impossível que as riquezas que servem para alimentar os teus desatinos sejam adquiridas honestamente — disse ele. Assim como as alcançaste, do mesmo modo as perderás. A punição mais terrível que Deus poderia dar-te seria a de deixar-te gozá-las tranquilamente. Todos os meus conselhos — juntava ainda Tiberge — têm sido inúteis e bem prevejo que não tardará o dia em que eles se tornem importunos. Adeus, ingrato e fraco amigo. Possam os teus criminosos prazeres desvanecer-se como uma sombra. Possam a tua fortuna e o teu dinheiro naufragar sem recurso, e tu, ficando só e nu, sentires a vaidade dos bens que tão loucamente te embriagam! Será aí então que hás de me encontrar pronto a estimar-te e a servir-te. Mas rompo hoje todas as ligações contigo e detesto a vida que levas!

Foi mesmo no meu quarto e diante de Manon que ele fez esta arenga apostólica. Levantou-se para se retirar. Quis retê-lo, mas Manon impediu-me, dizendo que Tiberge era um doido que forçoso seria abandonar.

Suas palavras, porém, não deixaram de me impressionar. Noto as diversas ocasiões em que o meu coração se sentiu inclinado ao bem, pois que é a estas recordações que devo uma parte da força moral que tive nas mais desgraçadas circunstâncias da minha vida. As carícias de Manon dissiparam em breve o desgosto que esta cena me causou, e continuamos na nossa vida de gozo e de amor.

O aumento da nossa riqueza redobrou a nossa afeição. Vênus e a fortuna nunca tiveram escravos mais felizes. Meu Deus! para que chamaram ao mundo um lugar de misérias quando nele se podem fruir tão encantadoras delícias? Pena é que durem tão pouco! Que outra felicidade ambicionariam os mortais, se elas fossem permanentes? A minha ventura teve, pois, a sorte comum: a de durar pouco e de ser seguida de amargos pesares.

Ganhara somas tão avultadas no jogo que pensei finalmente em economizar parte do dinheiro. Os criados não ignoravam os meus êxitos, sobretudo o de quarto e a aia de Manon, diante dos quais muitas vezes conversamos sem desconfiança. A aia era linda e o meu criado particular estava enamorado dela. Ambos tinham de tratar com patrões jovens que imaginaram poder enganar facilmente. Conceberam esse desígnio e executaram-no tão desgraçadamente para nós, que nos deixaram numa situação de que nunca mais foi possível sairmos.

Uma noite fomos cear com Lescaut. Já era tarde quando voltamos para casa. Chamei o criado e Manon a sua aia. Nem um nem outro apareceram. Disseram-nos que não tinham sido vistos depois das oito horas e que ambos saíram após haverem feito transportar algumas caixas, segundo as ordens que diziam ter recebido de mim.

Pressenti uma parte da verdade, mas não tive a esse respeito uma ideia que não fosse excedida pelo que descobri ao entrar no quarto. A fechadura fora forçada e o dinheiro roubado com toda a minha roupa. Enquanto refletia neste incidente, Manon, toda assustada, veio dizer-me que a mesma pilhagem havia sido feita nos seus aposentos.

O golpe pareceu-me tão cruel que só um esforço extraordinário da razão é que impediu que me entregasse desatinadamente aos gritos e lágrimas. O temor de comunicar o meu desespero a Manon fez com que afetasse uma aparente tranquilidade. Disse-lhe, rindo, que me vingaria em algum ingênuo no hotel da Transilvânia; no entanto, ela pareceu tão sensível à nossa desgraça, que a sua tristeza teve maior força para a afligir do que a minha alegria fingida para a impedir de sofrer.

— Estamos perdidos! — exclamou, com lágrimas nos olhos.

Esforcei-me inutilmente em consolá-la com as minhas carícias. As minhas próprias lágrimas traíam o desespero e a minha consternação. Com efeito, estávamos por tal modo arruinados que nem tínhamos uma camisa!

Resolvi mandar chamar Lescaut imediatamente. Aconselhou-me a que fosse, mesmo àquela hora, à casa do intendente-geral da polícia e do alcaide-mor de Paris. Fui, para maior desgraça minha, porque, além de os passos que dei, e os que obriguei a dar estes dois oficiais de polícia, não surtirem resultado algum, forneci a Lescaut o ensejo de conversar com sua irmã e de inspirar-lhe na minha ausência, uma horrível resolução.

Falou-lhe de G... M..., velho libertino que pagava com generosidade os prazeres sensuais, e fez-lhe uma descrição tão lisonjeira das vantagens que Manon teria em se amancebar com ele, que, perturbada como estava pelo nosso infortúnio, prontamente acedeu ao que o irmão lhe insinuava.

Este "honrado" negócio foi concluído antes do meu regresso e a execução ficou retardada para o dia imediato, para que Lescaut pudesse primeiro prevenir G... M...

Surpreendi-o esperando-me ainda em casa. Manon deitara-se tendo dado ordem ao criado para me dizer que, estando fatigada, pedia que a deixasse só durante aquela noite. Lescaut saiu depois de me ter oferecido alguns dobrões, que aceitei.

Eram quase quatro horas da madrugada quando me deitei, e como por muito tempo estivesse pensando nos meios de recuperar a fortuna, adormeci tão tarde que não pude acordar senão lá para as onze horas ou meio-dia.

Levantei rapidamente para ir saber da saúde de Manon. Disseram-me que tinha saído uma hora antes com o irmão, que a viera buscar numa carruagem de aluguel. Ainda que este passeio dado com Lescaut me parecesse misterioso, esforcei-me por suspender as suspeitas. Deixei decorrer algumas horas, que passei a ler. Por fim, não podendo já dominar a inquietação, passeava agitadamente por toda a casa. Foi então que vi no quarto de Manon uma carta fechada, que estava em cima da mesa. Pelo sobrescrito vi que era para mim. A letra era dela. Abri a carta, tremendo convulsivamente. Era concebida nos termos seguintes:

"Juro-te, meu caro, que ainda és o ídolo do meu coração e que não há no mundo ninguém que eu possa amar tanto como a ti. Mas não vês, meu querido, que, no estado a que ficamos reduzidos, a felicidade seria a mais tola das virtudes?

Julgas que se possa ser terna quando nos falta o pão? A fome seria capaz de causar-me algum equívoco fatal; exalaria a qualquer hora o último suspiro, pensando que ainda suspirava de amor. Adoro-te, fica certo disso; mas deixa-me por algum tempo o encargo de tornar a restabelecer a nossa fortuna. Desgraçado do que me cair nas mãos! Trabalharei para tornar rico e feliz o meu amor. Meu irmão te dará notícias da tua Manon e te dirá quanto ela chorou ao ver-se obrigada a deixar-te".

Depois da leitura desta carta, fiquei num estado difícil de descrever, porque ainda hoje ignoro quais os sentimentos que então me dominavam.

Foi uma dessas situações únicas, nunca sentida até então. Não seria possível narrá-la a outra pessoa, porque ninguém seria capaz de formar sobre ela uma ideia exata; e sabe Deus quanto custa explicá-la a nós mesmos, porque, sendo única no gênero, a memória não a liga nem a pode comparar com outras quaisquer, nem a aproxima de nenhum sentimento conhecido.

No entanto, fosse qual fosse a natureza das emoções que então me agitavam, devia haver nelas uma mescla de dor e de despeito, de ciúme e de vergonha. Bem feliz teria sido se nelas não tivesse entrado ainda mais amor!

— Manon ama-me, quero acreditá-lo. Mas, não seria preciso — exclamava eu — que ela fosse um monstro, para me odiar? Que maiores direitos se podem ter sobre um coração do que eu sobre o dela? Que me resta fazer por Manon depois de tudo o que lhe sacrifiquei? E no entanto, abandona-me! E a ingrata julga-se ao abrigo das minhas censuras só com o dizer-me que não deixa de amar-me! Tem medo da fome!... Deus do amor! Que grosseria de sentimentos e como é triste a retribuição que dá à minha delicadeza! Só eu não temi essa fome — eu, que a ela me exponho voluntariamente por Manon, renunciando à minha fortuna e às doçuras do lar paterno; eu que me privo até do necessário para satisfazer as suas menores vontades e caprichos! Adora-me, diz ela. Se me adorasses, ingrata, bem sei de quem seguirias os conselhos e não me terias abandonado sem ao menos me dizeres adeus! É a mim que se deve perguntar qual é a dor cruel que se sente ao separarmo-nos da pessoa que se adora. É preciso perder-se o juízo para que alguém voluntariamente se exponha a essa dor.

As minhas lamentações foram interrompidas por uma visita que eu certamente não esperava: a de Lescaut.

— Carrasco! — disse eu levando a mão ao punho da espada. — Onde está Manon? Que fizeste dela?

Este movimento assustou-o. Respondeu que, se era assim que o recebia, quando vinha dar-me conta do serviço mais importante que me poderia ter prestado, retirar-se-ia e nunca mais tornaria a pôr os pés em minha casa.

Corri à porta do quarto, que fechei cuidadosamente.

— Não imagines — repliquei, voltando-me para ele — que podes mais uma vez zombar de mim, enganando-me com as tuas histórias. Defende a tua vida, ou dize-me onde é que está Manon.

— És impaciente! — atalhou Lescaut. — É esse o único motivo que me traz aqui. Venho anunciar-te uma felicidade com que certamente não contavas e reconhecerás, com certeza, depois de ouvir-me, que me és devedor de grandes obrigações.

Quis ser esclarecido imediatamente.

Contou-me que Manon, não podendo conformar-se com a ideia de que havia de chegar o dia em que ela não tivesse de comer e, sobretudo, não podendo conciliar consigo mesma a necessidade em que se achava de restringir as nossas despesas e o nosso modo de vida, tinha-lhe pedido que a apresentasse a G... M... que passava por homem generoso.

Lescaut não teve pejo algum em confessar que o conselho fora dele e que também fora ele quem preparara as coisas para esta traição!

— Levei-a à casa de G... M... esta manhã — continuou ele — e este digno homem ficou de tal modo encantado com a sua beleza, que a convidou logo a ir fazer-lhe companhia por algum tempo na sua casa de campo, onde ele foi passar alguns dias. Eu — acrescentou Lescaut — compreendendo num relance quanto este arranjo deveria te ser vantajoso, dei a entender que Manon havia sofrido perdas consideráveis, e por tal modo excitei a sua generosidade, que começou por presenteá-la com duzentos dobrões. Agradecendo-lhe a dádiva, disse-lhe que ela bastava para o presente, mas que o futuro acarretaria grandes necessidades à minha irmã, pois que ela se havia encarregado de sustentar um irmão ainda moço, que nos tinha entrado em casa depois da morte dos nossos pais, e que se ele a julgava merecedora da sua estima, não a deveria deixar sofrer por seu amor a essa pobre criança, que ela considerava como metade de si própria. Esta narrativa enterneceu-o a ponto de prometer alugar uma casa confortável para ti e para Manon. O cavalheiro des Grieux é esse pobre órfão que ele se comprometeu a vestir e a alimentar, fornecendo-lhe todos os meses quatrocentos francos que, se não me engano, somam no fim do ano quatro mil e oitocentos francos. Deu ordem ao seu administrador, antes de partir para o campo, para que procurasse uma casa e a tivesse pronta no seu regresso. Tornarás então a ver Manon, que me encarregou de te beijar mil vezes por ela, afirmando que te ama mais do que nunca.

Sentei-me, pensando neste extravagante destino que a minha estrela me impunha. Tinha o espírito dividido entre sentimentos tão opostos e, por conseguinte, numa incerteza tão difícil de terminar, que fiquei muito tempo sem responder ao mundo de perguntas que Lescaut me fazia, umas atrás das outras. Foi nesse momento que a honra e a virtude me fizeram sentir mais uma vez o peso do remorso, e então, suspirando, deitei os olhos para Amiens, para a casa de meus pais, para São Sulpício, enfim, para todos os lugares onde tinha vivido na inocência. Que abismo me separava agora dessa vida feliz e sossegada! Via a felicidade de longe, como uma sombra que atraía ainda os meus desejos e me causava pesares, mas que era fraca em demasia para excitar os meus esforços.

— Por que fatalidade — dizia eu — me tornei culpado? O amor é uma paixão bem cândida; como se transformou para mim numa fonte de desatinos e misérias? Quem me impediria de viver tranquilo e virtuoso com Manon? Por que não havia eu de desposá-la antes de ter obtido dela a menor concessão? Meu pai, que tanta amizade e ternura me consagrava, não o teria consentido se lhe tivesse pedido com insistência? Decerto que sim. Meu pai mesmo a teria amado como uma mulher encantadora, muito digna de ser a esposa de seu filho. Seria feliz com o amor de Manon, com a afeição de meu pai, com a estima das pessoas honradas, com bens de fortuna e com a tranquilidade da virtude. Contratempo funesto!... Que infame papel vêm aqui propor-me? Iria eu compartilhar? Mas, haverá que ponderar, se foi Manon quem deliberou o plano e se eu a perder sem uma tal condescendência?

— Senhor Lescaut, — exclamei, fechando os olhos como para afastar da mente tão vergonhosas reflexões — se teve ideia de bem servir-me, agradeço-lhe o empenho. Poderia, porém, ter seguido outro meio mais honesto. Mas, o plano que acaba de expor-me é definitivo, não é assim?... Não pensemos, pois, senão em nos aproveitarmos das suas diligências e em realizarmos o seu projeto.

Lescaut, a quem a minha cólera seguida de tão longo silêncio, havia causado algum receio, ficou satisfeitíssimo ao ver-me tomar um partido bem diferente daquele que esperava. Não era covarde e, de futuro, tive muitas provas da sua intrepidez.

— Sim, sim — apressou-se a responder — foi um bom serviço que te fiz, e verás que havemos de tirar dele mais vantagens do que tu mesmo esperas.

Combinamos então de que modo podíamos evitar as suspeitas que G... M... pudesse conceber da nossa fraternidade, ao ver-me mais velho do que ele talvez imaginasse. Não achamos outro meio senão o de eu afetar diante dele um ar simples e provinciano, fazendo-lhe crer que estava resolvido a entrar na vida eclesiástica e que para isso ia todos os dias ao colégio. Resolvemos também que iria muito mal vestido a primeira vez que fosse admitido a ter a honra de visitá-lo.

G... M... voltou à cidade três ou quatro dias depois. Ele próprio conduziu Manon à vivenda que o seu administrador tivera o cuidado de preparar. Lescaut, informado por Manon da sua chegada, avisou-me e corremos ambos à sua casa. O velho amante já tinha saído.

Apesar da resignação com que havia me submetido à sua vontade, não pude reprimir o queixume do meu coração, quando novamente a vi.

Achou-me triste e acabrunhado. A alegria de a tornar a ver não era suficiente para destruir o desgosto que a sua infidelidade me infundira. Ela, pelo contrário, parecia arrebatada e cheia de alegria, por me ter outra vez a seu lado. Estranhou, portanto, a minha frieza, acusando-me por isso. Não me pude conter sem lhe chamar pérfida e infiel, ainda que estes nomes fossem acompanhados de constantes suspiros.

A princípio zombou da minha simplicidade. Mas quando viu o olhar em que a envolvia e o desgosto que me causava uma ação tão contrária ao meu humor e aos meus desejos, retirou-se para o seu aposento. Segui-a imediatamente. Achei-a lavada em lágrimas. Perguntando-lhe o motivo de tal choro, respondeu-me:

— É bem fácil adivinhá-lo. Como queres que eu viva, se a minha presença já não serve senão para te tornar triste e carrancudo? Há uma hora que aqui estás e ainda não me fizeste uma só carícia. Recebeste as minhas com a superioridade do Grão-Turco no seu serralho!

— Escuta, Manon — disse-lhe, beijando-a — não posso ocultar que tenho o coração mortalmente ferido. Não quero falar do que sofri com a tua fuga imprevista, nem da crueldade que praticaste, abandonando-me sem ao menos me dirigires uma palavra de consolação, depois de teres passado a noite fora do meu leito; tudo isso esquecerei com o encanto da tua presença. Mas, julgas que possa pensar — sem soltar um suspiro, sem derramar abundantes lágrimas — na triste e desgraçada vida a que tu queres forçar-me nesta casa? Ponhamos de parte a minha família e a minha honra; são razões tão fracas que não devem entrar em concorrência com um amor como o meu. Mas, não imaginarás tu que este mesmo amor se sinta ofendido por ser tão mal recompensado, ou antes, tão cruelmente tratado por uma ingrata e dura amante?

Manon interrompeu-me.

— Basta, meu cavalheiro — disse ela. É inútil me atormentares com repreensões que me despedaçam a alma, porque vêm da tua boca. Bem vejo o que te ofende. Esperei que consentisses no projeto por mim formulado de restaurarmos a nossa fortuna, e era para poupar a tua delicadeza que havia começado a executá-lo sem previamente te haver prevenido; mas, renuncio a ele, pois que não o aprovas.

— Acrescentou que só me pedia alguma complacência para o resto daquele dia; que tinha já recebido duzentos dobrões do seu velho amante e que ele havia prometido trazer-lhe à noite um belo colar de pérolas, juntamente com outras joias e, além de tudo isto, metade da pensão anual que lhe estabelecera.

— Deixa-me só o tempo — continuou ela — de receber os seus presentes. Juro-te que não se poderá gabar dos favores que de mim obteve ou há de obter. É verdade que mais de um milhão de vezes me beijou a mão, mas é justo que pague por este prazer, e não será excessivo se o fizer com cinco ou seis mil francos, pois é preciso haver proporção entre as suas riquezas e a sua idade.

Esta resolução de Manon foi para mim muito mais agradável do que a esperança dos cinco mil francos. Tive ocasião de saber que o meu coração não havia perdido de todo os sentimentos de honra, pois muito satisfeito se mostrava por fugir à infâmia. Mas, eu tinha nascido para as pequenas alegrias e para as longas dores. O destino não me salvou de um precipício senão para me fazer cair noutro. Logo que demonstrei a Manon, por mil carícias, quanto me julgava feliz pela sua resolução, disse-lhe que era preciso prevenir Lescaut, para que as nossas combinações fossem feitas de comum acordo. A princípio ele insurgiu-se; mas, os quatro ou cinco mil francos em moeda corrente conciliaram-no conosco. Concordou-se em que iríamos todos cear com G... M... e isto por duas razões: uma, para termos o prazer de uma cena agradável, fazendo-me Lescaut passar por um estudante irmão de Manon; a segunda, para impedir que esse velho libertino tomasse demasiada liberdade com a minha amante, atendendo o direito que julgava já ter adquirido sobre ela, pagando adiantado e tão generosamente.

Lescaut e eu tratamos de arranjar uma carruagem para estar pronta à porta, pois quando G... M... tratasse de se retirar para o quarto onde deveria passar a noite com Manon, esta, em lugar de segui-lo, viria passá-la comigo.

Chegada a hora da ceia, G... M... não se fez esperar muito tempo. Lescaut estava na sala com a irmã. A primeira saudação do velho foi oferecer a ela um colar, braceletes e brincos, tudo de pérolas, que valiam pelo menos mil escudos. Contou-lhe logo em seguida em belos luíses de ouro a soma de dois mil e quatrocentos francos, montante da metade da pensão. Acrescentou ao seu presente muitas amabilidades ao gosto da corte. Manon não lhe pôde recusar alguns beijos. Eram outros tantos direitos que ela adquiria ao dinheiro que lhe caía nas mãos. Eu estava à porta, de ouvido à escuta, esperando que Lescaut me mandasse entrar.

Ele veio buscar-me pela mão logo que Manon guardou as joias e o dinheiro. Conduziu-me junto de G... M... e ordenou que lhe apresentasse os meus cumprimentos. Fiz duas ou três reverências das mais profundas.

— Desculpai, senhor — disse-lhe Lescaut — é um rapaz muito novo. Está ainda bem longe, da vivacidade parisiense, mas espero que o havemos de domesticar. Terás a honra de ver aqui muitas vezes o senhor G... M... acrescentou ele voltando-se para mim —; trata pois de aproveitar as lições de um mestre tão bom.

O velho amante pareceu sentir prazer em me ver. Deu-me duas ou três pancadinhas nas faces, dizendo que eu era um rapaz gentil, mas que era preciso ter muita cautela em Paris, onde a mocidade se entregava facilmente à devassidão.

Lescaut assegurou-lhe que eu era naturalmente tão sisudo, que não falava noutra coisa que não fosse em ser padre, e que todo o meu prazer era o de fazer capelinhas.

— Parece-se muito com Manon, — continuou o velho, levantando-me o rosto com a mão.

Respondi-lhe com ar apalermado:

— Senhor, os nossos corpos têm grandes pontos de contato. É por isso que amo minha irmã como a mim mesmo.

— Ouve? — disse ele a Lescaut. O rapaz tem espírito. É pena que tenha tão pouco uso da sociedade.

— Oh! meu caro senhor! — exclamei — tenho visto muita gente nas igrejas da minha terra e estou certo de que hei de encontrar em Paris tolos ainda maiores do que eu.

— Veja — acrescentou G... M... — é admirável para um rapaz da província...

Toda a nossa conversa durante a ceia decorreu pouco mais ou menos nesse tom. Manon, que era travessa, esteve, porém, muitas vezes a ponto de deitar tudo a perder com as suas gargalhadas estrepitosas. Tive ocasião, mesmo durante a ceia, de contar ao nosso anfitrião a sua própria história e o mau resultado que o ameaçava. Lescaut e Manon manifestaram a sua inquietação durante a minha narrativa, sobretudo quando eu fazia o retrato de G... M... ao natural mas o amor-próprio impediu-o de se reconhecer e eu concluí por tal modo a narração, que ele foi o primeiro a achar a história muito engraçada.

Ver-se-á que não foi sem razão que alonguei esta ridícula cena.

Chegada, enfim, a hora de nos recolhermos, G... M... falou de amor com impaciência. Eu e Lescaut retiramo-nos. Conduziram G... M... ao seu quarto; e Manon, tendo saído desse aposento, sob um pretexto fútil, veio ter conosco à porta da rua. A carruagem que nos esperava três ou quatro prédios mais abaixo, avançou para nos receber. Num instante afastamo-nos do bairro.

Ainda que a meus próprios olhos esta ação fosse um verdadeiro roubo, não era contudo a mais injusta de que tivesse a acusar-me. Pungia-me mais a maneira como havia adquirido dinheiro ao jogo. Contudo, bem pouco aproveitamos tanto de um como de outro. O céu determinou que a mais leve destas duas injustiças fosse a mais rigorosamente castigada.

G... M... não tardou muito a compreender que havia sido ludibriado. Não sei se deu logo, naquela mesma noite, alguns passos para nos descobrir, mas o fato é que tinha demasiada influência para não os dar inutilmente, e nós demasiada imprudência em nos fiarmos na grandeza de Paris e na distância que mediava entre o nosso bairro e o seu. Não só foi ele informado da nossa morada e da situação em que nos achávamos, mas também soube quem eu era, a vida que tinha levado em Paris, a antiga ligação de Manon com B..., a "peça" que esta lhe havia pregado; em uma palavra, todos os escândalos da nossa história. Tomou em seguida, a resolução de nos fazer prender e de nos tratar menos como criminosos do que como libertinos.

Estávamos ainda na cama quando um prefeito de polícia entrou no quarto com meia dúzia de guardas. Apoderaram-se primeiro do nosso dinheiro, ou antes, do dinheiro de G... M... e, fazendo-nos levantar bruscamente, levaram-nos até à porta da rua, onde achamos duas seges em uma das quais Manon me foi arrebatada sem mais explicações, conduzindo-me na outra para São Lázaro.

É preciso ter sofrido tais golpes, para avaliar o desespero que eles podem causar. Os guardas tiveram a crueldade de não me deixar beijar Manon nem de dirigir-lhe uma única palavra. Muito tempo ignorei o que havia acontecido. Foi talvez uma felicidade para mim não ter sabido logo, pois uma catástrofe tão terrível ter-me-ia feito perder a razão e talvez a vida.

Minha infeliz amante foi, pois, manietada diante de mim e levada para um lugar que tenho horror de dizer. Que destino para uma criatura tão encantadora, que teria ocupado o primeiro trono do universo se todos os homens tivessem o meu coração! Não a trataram barbaramente, mas fecharam-na numa estreita prisão, só, condenada a desempenhar diariamente um certo trabalho, condição essencial para obter o mesquinho alimento que lhe davam.

Não fui informado destes pormenores senão muito tempo depois, quando já eu próprio tinha experimentado por muitas vezes uma tão rude e fastidiosa penitência.

Como os guardas que me prenderam não revelassem o lugar para onde tinham ordem de me conduzir, só à porta de São Lázaro conheci o destino que me aguardava. Teria preferido a morte naquele momento, ao estado em que me julguei prestes a cair.

Fazia uma ideia horrível dessa casa, e os meus receios aumentaram quando, ao entrar, os guardas me apalparam os bolsos, pela segunda vez, para se certificarem de que não me restavam nem armas nem meio algum de defesa.

O superior apareceu logo. Estava prevenido da minha chegada. Saudou-me com bastante doçura.

— Meu padre — disse-lhe — nada de indignidades. Preferia perder mil vidas a sofrer um só insulto.

— Não, não, senhor — respondeu ele. Se tiver comportamento regular, ficaremos satisfeitos um com o outro.

Pediu-me que subisse, com ele, para um quarto dos andares superiores. Segui-o sem resistência.

Os guardas acompanharam-nos até à porta, onde, a um sinal do superior, se retiraram.

— Sou, então, seu prisioneiro! Pois bem, meu padre, que pretende fazer de mim?

Respondeu que estava encantado por me ver tomar um tom mais dócil; que o seu dever era o de me inspirar o gosto pela virtude e pela religião, e o meu o de aproveitar-me das suas exortações e dos seus conselhos; que, por pouco que eu quisesse corresponder às atenções que por mim teriam, não acharia no isolamento senão prazer.

— Ah! prazer — retorqui eu — ignora, decerto, meu padre, qual é a única coisa capaz de me dar prazer!

— Sei, sei, — continuou ele — mas espero que a sua inclinação mudará.

Esta resposta fez-me compreender que o padre estava ao corrente das minhas aventuras e talvez do meu nome. Pedi-lhe que me esclarecesse. Disse, com a maior naturalidade, que o haviam informado de tudo.

Este fato foi o mais rude de todos os meus castigos e fez-me derramar uma torrente de lágrimas, no meio do maior desespero. Não podia consolar-me de uma humilhação que me ia tornar ridículo a todas as pessoas do meu conhecimento e que representaria a vergonha da minha família.

Passei assim oito dias no mais profundo abatimento, incapaz de ouvir ou de me ocupar de outra coisa que não fosse do meu opróbrio. A própria recordação de Manon nada acrescentava à minha dor, não entrava nela senão como um sentimento que havia precedido esta nova mágoa, e as sensações dominantes da minha alma eram o pejo e a confusão.

Há pouca gente que conheça o que sejam estes impulsos particulares do coração. O comum dos homens não é sensível senão a cinco ou seis paixões no círculo das quais passam a vida, limitando-se só a elas as suas agitações. Tirai deles o amor e o ódio, o prazer e a dor, a esperança e a incerteza; não sentem mais nada. Mas os indivíduos de caráter mais nobre serão afetados de mil modos diversos; parece que têm mais de cinco sentidos e que podem receber ideias e sensações que ultrapassam os limites ordinários da natureza. E como têm o sentimento dessa superioridade que os eleva acima do vulgar, nada mais há no mundo de que se mostrem tão ciosos. Daí resulta a circunstância de sofrerem com impaciência o desprezo e a zombaria, e de ser a honra uma das suas mais violentas paixões.

Em São Lázaro tinha eu esta triste vantagem. Tão excessiva pareceu a minha tristeza ao superior, que, receoso das consequências que dela podiam derivar, julgou dever tratar-me com muita doçura e indulgência. Visitava-me duas e três vezes por dia, levava-me a passear ao jardim e, durante o passeio, todo o seu zelo se esgotava em exortações e conselhos salutares, que eu ouvia com a maior atenção, mostrando-lhe deste modo o meu reconhecimento. Era nesta humildade que ele baseava a esperança da minha conversão.

— O senhor é, por temperamento, tão dócil e amável — disse-me ele um dia — que não posso compreender os desatinos de que o acusam. Duas coisas me surpreendem: a primeira, é como tendo tão boas qualidades, pôde se entregar aos excessos da libertinagem; a outra, que ainda mais admiro, é o modo por que recebe de tão bom grado os meus conselhos e as minhas instruções, tendo vivido tanto tempo no meio da devassidão e das más companhias. Se isso é arrependimento, o senhor é um admirável exemplo da misericórdia celeste; se é bondade natural, tem então um caráter excelente, o que me deixa supor que não precisaremos de o reter aqui por muito tempo, para o reconduzirmos a uma vida honesta e morigerada.

Fiquei encantado ao vê-lo formular tão boa opinião a meu respeito e resolvi consolidá-la por um comportamento que o satisfizesse inteiramente, persuadido como estava de que era este o único meio de abreviar a prisão. Pedi-lhe livros e ficou surpreendido, tendo-me deixado a livre escolha de solicitar alguns autores sérios. Fingi aplicar-me com ardor ao estudo, dando-lhe assim constantemente provas da mudança que ele desejava.

No entanto, esta mudança não era senão exterior. E, devo confessá--lo para minha vergonha, fiz, em São Lázaro, o papel do mais refinado hipócrita.

Em lugar de estudar, quando estava só, não fazia outra coisa senão chorar o meu destino. Amaldiçoava a prisão e a tirania que nela me retinha. Sempre que saía deste acabrunhamento, recaía nos tormentos do amor. A ausência de Manon, a incerteza da sua sorte, o receio de não tornar a encontrá-la, eram os únicos alvos das minhas frequentes meditações.

Parecia-me vê-la nos braços de G... M..., pois foi esse o pensamento que tive logo ao princípio, e, longe de imaginar que ele a houvesse tratado como a mim, estava convencido de que não me tenha separado dela senão para a possuir mais tranquilamente.

Passei assim dias e noites duma duração que parecia eterna. Só tinha esperança no êxito da minha hipocrisia. Observava cuidadosamente a fisionomia e as arengas do superior para me certificar do que ele pensava a meu respeito, e fiz um estudo muito particular da maneira de agradar-lhe, como árbitro supremo do meu destino. Fácil foi reconhecer que eu tinha caído em suas boas graças e já não duvidava de que estivesse disposto a servir-me.

Aventurei um dia a perguntar-lhe se era dele que dependia a minha liberdade. Respondeu que não era absolutamente senhor dela, mas que, sob a sua informação, esperava que G... M..., a pedido de quem o intendente geral da polícia me tinha feito encarcerar, consentisse na minha libertação.

— Poderei esperar — continuei melifluamente — que os dois meses de prisão que tenho sofrido sejam por ele considerados como expiação suficiente?

Prometeu-me falar-lhe a esse respeito, se assim o desejasse.

Noticiou-me dois dias depois que G... M... tinha ficado tão comovido com o que ele lhe dissera a meu respeito, que não só parecia disposto a deixar-me gozar a liberdade, mas que também havia mostrado um forte desejo de me conhecer mais de perto, e que tencionava fazer-me uma visita na prisão.

Ainda que a sua presença nada de agradável tivesse para mim, tomei-a como uma aproximação do momento da minha liberdade.

Veio com efeito a São Lázaro. Achei-o menos parvo e com ar mais grave e sério do que quando o vi em casa de Manon. Fez-me algumas observações, com muito bom-senso, sobre a minha conduta, acrescentando, para aparentemente justificar as suas próprias extravagâncias, que era permitido à fraqueza dos homens procurar certos prazeres que a natureza exige; mas, que o roubo e os artifícios vergonhosos mereciam ser castigados.

Ouvi-o com tal submissão, que me pareceu ter ficado satisfeito. Não me ofendi mesmo ao ouvir-lhe alguns gracejos sobre a minha fraternidade com Lescaut e Manon, e sobre as capelinhas que eu deveria ter feito em grande número em São Lázaro, já que tanto prazer achava nesta piedosa ocupação. Mas não se coibiu, desgraçadamente para ele e para mim, de dizer-me que Manon havia de fazer o mesmo no Hospital.

Apesar da convulsão que a palavra Hospital me causou, tive ainda sobre mim a força necessária para lhe pedir que se explicasse.

— Pois é a verdade! Há dois meses que Manon aprende a ter juízo no Hospital Geral e desejo que tenha aproveitado tanto a lição como o senhor aqui, em São Lázaro.

Ainda que tivesse de ficar preso para sempre e que a morte surgisse diante de mim, não poderia ter dominado a cólera que me abrasou, ouvindo semelhante notícia. Lancei-me a ele com tal desespero, que gastei metade das forças. No entanto, ainda conservei o vigor para jogá-lo por terra e apertar-lhe o pescoço. Ia estrangulá-lo quando, ao ruído da queda e de alguns gritos que ele de vez em quando soltava, o superior e muitos religiosos entraram no quarto e o tiraram das minhas mãos.

Eu mesmo quase havia perdido a força e a respiração.

— Meu Deus! — exclamei soluçando — justiça do céu! posso ainda gozar um sopro de vida depois de ouvir tal infâmia?

Quis de novo arrojar-me sobre o bárbaro que acabava de me assassinar. Agarraram-me, mas o meu desespero, os meus gritos, as minhas lágrimas excediam tudo quanto a imaginação pode criar. Fiz coisas tais, que todos os que assistiam, ignorando a causa do delírio, olhavam-se mutuamente tão cheios de receio como de surpresa.

G... M... tornou a pôr a cabeleira e a dar o laço na gravata; e, furioso por ter sido recebido de tal modo, ordenou ao superior que me encarcerasse com mais rigor do que nunca, fazendo-me sofrer todos os castigos em voga e uso em São Lázaro.

— Não, senhor — respondeu-lhe, porém, o superior —; não é com uma pessoa da qualidade e da educação deste cavalheiro que nós empregaremos tais meios. Além disso, é tão dócil e meigo que me custa a acreditar neste excesso, sem que ele para isso tivesse fortíssimas razões.

Tal resposta fez G... M... perder completamente a paciência e sair dizendo que bem sabia como havia de ensinar-me, ao superior e a todos quantos ousassem faltar-lhe ao respeito.

O superior, depois de ordenar aos religiosos que acompanhassem G... M..., ficou só comigo. Pediu que lhe dissesse imediatamente o que motivara tal violência.

— Meu padre! — disse-lhe chorando como uma criança — imagine a mais horrível crueldade, a mais detestável barbaridade, e verá a ação que o indigno G... M... teve a covardia de levar a cabo. Oh! despedaçou-me o coração! Quero contar-lhe tudo, — ajuntei soluçando — porque o senhor é bom e terá compaixão de mim.

Fiz-lhe a narrativa abreviada da imensa e indomável paixão que tinha por Manon; da situação florescente da nossa fortuna antes de termos sido roubados pelos criados; dos oferecimentos que G... M... havia feito à minha amante; da conclusão deste negócio e do modo como fora desmanchado. Apresentei-lhe porém os fatos — e isto seja dito em abono da verdade — pelo lado que mais favorável nos era.

— Aqui tem, meu padre — continuei — qual é a fonte de onde provém o zelo de G... M... pela minha conversão. Teve influência para me fazer encerrar aqui, por um puro sentimento de vingança; isso perdoo-lhe. Mas não é tudo: arrebatou-me cruelmente a mais cara metade de mim próprio e fê-la encerrar vergonhosamente no Hospital, tendo a imprudência de me vir aqui contar. No Hospital, meu padre! A minha cara amante, a rainha do meu coração, no Hospital, como a mais infame de todas as criaturas! Onde encontrarei forças para não morrer de dor e de vergonha?

O bom padre, vendo-me neste estado de aflição tentou consolar-me. Disse que nada sabia da minha aventura, pela forma como a contava;

que, na verdade, o tinham informado de que eu vivia escandalosamente, mas que pensava que todo o interesse de G... M... em corrigir-me havia sido ocasionado por alguma ligação íntima de estima e amizade com minha família; que só sob este ponto de vista tinha explicado o caso a si mesmo, e que o que eu acabava de lhe narrar mudava completamente a face da minha situação, pois não duvidava de que a narração fiel da história, que ia fazer ao intendente-geral da polícia, contribuísse para me soltarem.

Perguntou depois a razão por que não tinha ainda dado notícias minhas à família, visto que ela de modo algum concorrera para o meu cativeiro. Satisfiz esta objeção com algumas razões sugeridas pela dor que havia receado causar a meu pai, e com a vergonha que eu próprio sentiria. Por fim, prometeu que iria à casa do chefe de polícia, ainda que mais não fosse, ao menos para prevenir algum exagero de G... M..., que saíra de São Lázaro muito pouco satisfeito e tinha a suficiente preponderância para se fazer temido.

Aguardei o regresso do padre com a ansiedade de um desgraçado que espera o momento da sua sentença.

Que terrível suplício o meu, quando pela mente me passava a ideia de que Manon jazia no Hospital! Além da infâmia de tal habitação, ignorava de que maneira a tratavam; e a lembrança de todas as particularidades que ouvira contar acerca desta mansão de horror, renovava a todos os momentos a minha exaltação.

Estava de tal forma resolvido a socorrê-la, fosse qual fosse o meio que devesse empregar, que, ainda mesmo que tivesse de atear fogo a São Lázaro para conseguir a minha saída da prisão, tudo faria sem hesitar.

Supondo que o intendente-geral da polícia insistisse em me conservar preso, comecei a pensar maduramente nos meios que poderia ter ao alcance para me evadir.

Refleti, pois, no que teria de fazer, se o intendente continuasse a conservar-me preso, contra a minha vontade. Submeti a inteligência a todas as provas, estudei todas as probabilidades. Não me ocorreu ninguém que pudesse assegurar a minha evasão, e temi que fosse depois encerrado com mais cautela no caso de que malograsse a tentativa.

Lembrei de alguns amigos de quem deveria esperar auxílio e socorro. Mas, qual o modo de lhes fazer saber a minha situação?

Enfim, julguei ter formado um plano tão bem concebido que poderia obter êxito, resolvendo aperfeiçoá-lo ainda mais, depois do regresso do superior, se a inutilidade dos seus passos o tornasse necessário.

Não tardou muito que o padre voltasse, mas o seu rosto não demonstrava a alegria que acompanha sempre uma boa nova.

— Falei — disse ele — ao intendente-geral da polícia, mas infelizmente era muito tarde. G... M... já tinha lá estado, e por tal modo o indispôs contra o senhor, que ele estava decidido a enviar novas ordens para maior rigor na sua prisão! Contudo, ao contar-lhe a sua história, pareceu abrandar um pouco; e rindo da incontinência do velho G... M..., disse-me que para lhe dar uma satisfação era necessário que o senhor estivesse preso mais seis meses, porque julgava, além disso, que esta detenção não lhe havia de ser inútil. Recomendou-me que tivesse todas as atenções para com o cavalheiro e pela minha parte posso assegurar-lhe que não terá de que se queixar.

O bom padre levou tanto tempo nesta explicação, que me deu lugar a fazer um acertado raciocínio. Vi claramente que me expunha a frustrar todos os meus desígnios, se lhe mostrasse o empenho que tinha de me ver livre o quanto antes. Fingindo-me resignado, disse-lhe que, sendo obrigado a permanecer por mais tempo na prisão, não tinha senão de que me lisonjear por ter merecido de certo modo a sua estima. Terminei pedindo-lhe um favor, que em nada, decerto, interessaria a ninguém e que serviria para a minha tranquilidade: consentir que um de meus amigos, um santo eclesiástico que vivia em São Sulpício, fosse prevenido de que eu estava em São Lázaro e ao mesmo tempo permitir que ele pudesse às vezes visitar-me. Este favor foi-me logo concedido.

Era do meu amigo Tiberge que se tratava. Não que esperasse dele o auxílio necessário para a evasão, mas queria interessá-lo nisso, ainda que não fosse senão por meios indiretos e sem que ele mesmo o suspeitasse.

Numa palavra, o meu projeto era escrever a Lescaut, para que ele e mais alguns amigos comuns se encarregassem da minha libertação.

A primeira dificuldade, era, pois, fazer-lhe chegar a carta às mãos, e este devia ser o papel de Tiberge. Contudo, como ele o conhecia por irmão de Manon, temi que não quisesse aceitar o encargo. O meu intento era fechar a carta de Lescaut em um sobrescrito dirigido a uma respeitável pessoa do meu conhecimento, a quem pediria para fazê-la chegar ao destino. E como era necessário que falasse com Lescaut para concordarmos nas medidas a tomar, queria dizer-lhe que viesse ter comigo a São Lázaro, procurando-me como se fosse meu irmão mais velho que tivesse vindo expressamente a Paris para saber da minha situação. Combinaria então com ele os meios que nos parecessem mais seguros e rápidos. O superior mandou, com a melhor boa vontade, avisar Tiberge do desejo que eu tinha de lhe falar. Este fiel amigo não me havia perdido de vista de tal modo que ignorasse a minha aventura. Sabia que estava em São Lázaro e talvez mesmo esta desgraça não o desgostasse, pois a julgava capaz de me conduzir de novo ao caminho do dever.

Acorreu imediatamente ao meu aposento. A nossa entrevista transbordou de amizade. Falei-lhe sem a menor reserva, abrindo-lhe o coração, excetuando porém a ideia da fuga.

— Não é a teus olhos, meu caro amigo, que quero parecer o que não sou. Se julgaste encontrar aqui um amigo prudente e regrado nos seus desejos, um libertino arrependido pelo castigo do céu, em uma palavra, um coração livre do amor e desiludido dos encantos de Manon, julgaste-me muito favoravelmente. Encontras-me tal qual me deixaste há quatro meses, sempre apaixonado e infeliz por esta mesma ternura na qual não canso de procurar a minha felicidade.

Respondeu que a confissão que eu acabava de fazer não me tornava merecedor de desculpa; que se encontravam muitos pecadores que, embriagando-se com a falsa felicidade do vício, chegavam a ponto de preferi-la à virtude, mas que ao menos eram em imagens de ventura verdadeira que eles se fundavam e que eram iludidos pelas aparências; porém, reconhecer, como eu o fazia, que o objeto da minha dedicação só servia para tornar-me desgraçado e criminoso, e continuar a precipitar-me voluntariamente no infortúnio e no crime, era uma contradição de ideias e de procedimento que em nada fazia honra à minha inteligência.

— Tiberge — interrompi — como te é fácil a vitória, quando nada se opõe às tuas armas! Deixa-me raciocinar por minha vez. Podes pretender que o que chamas a felicidade da virtude seja isenta de penas, desgostos e inquietações. Que nome darás tu à prisão, às cruzes, aos suplícios e às torturas dos tiranos? Dirás, talvez, como os místicos, que o tormento do corpo é um benefício para a alma? Decerto não ousarás dizer tal: é um paradoxo insustentável. Essa ventura que tu tanto louvas é cheia de dores ou, para falar com mais propriedade, não é senão um tecido de desgraças, através do qual se chega à felicidade. Ora, se a força da imaginação faz encontrar prazer nesses mesmos males, porque eles podem conduzir-nos a um termo ditoso que esperamos, — por que hás de chamar contraditória e insensata a uma disposição semelhante da minha conduta? Amo Manon e procuro, através de mil desgostos, viver tranquilo e feliz ao seu lado. A estrada por onde vou é desgraçada, mas a esperança de chegar ao meu fim espalha sempre doçura nela; e me julgaria largamente pago de todos os males que sofro com um só momento passado junto de Manon. Ambos estamos, portanto, na verdade, ou, se ainda há alguma diferença, é sem dúvida a meu favor, porque a felicidade que espero está próxima, ao passo que a tua está bem distante; a minha é da natureza dos pesares, isto é, sensível ao corpo; a outra é de natureza desconhecida, e não é certa senão pela fé.

Tiberge pareceu horrorizado com este raciocínio. Deu dois passos à retaguarda, afirmando com o ar mais sério do mundo que aquilo que eu acabava de dizer não só ofendia o bom-senso, mas era um triste sofisma de impiedade e irreligião.

— Porque — acrescentou ele — a comparação do termo dos teus males com o que a religião propõe é uma ideia das mais libertinas e monstruosas.

— Confesso que essa ideia não é justa — respondi — mas, pensa bem, não é sobre ela que fundei o meu raciocínio. Pretendi explicar o que tu tomas como uma contradição na perseverança de um amor desgraçado e julgo ter provado suficientemente que se há aqui, realmente, uma contradição, também tu és contraditório. Foi só sob este ponto-de-vista que tratei as questões em debate como iguais, e sustento ainda que o são. Tu me responderás que o fim da virtude é infinitamente superior ao do amor. Quem o contesta? Mas a questão é diversa. Não se trata da força que uma e outro têm para nos fazer suportar os sofrimentos. Julguemo-lo pelos efeitos. Quantos desertores não encontras da virtude austera, e como são poucos os que desertam do amor! Tu me responderás ainda que se há pesares na prática da virtude, eles não são nem infalíveis nem necessários; que não se encontram aí tiranos nem cruzes e que há muitas pessoas virtuosas que passam vida tranquila e sossegada! Mas também te direi que há amores pacíficos e ditosos, do que resulta uma diferença que me é em extremo vantajosa; e acrescentarei que o amor, mesmo que nos engane muitas vezes, contudo nunca promete senão alegria e prazer, ao passo que a religião nos impõe uma existência triste e mortificada.

— Não te assustes — continuei, vendo o seu zelo prestes a se doer. — A única coisa que quero concluir disto é que não há pior método para desgostar um coração apaixonado do que descrever-lhe as doçuras prometendo-lhe mais felicidade na prática da virtude. Pelo modo como somos formados, é evidente que a nossa felicidade consiste no prazer, e desafio que provem o contrário. Ora, não há necessidade de consultar muito tempo o coração para sentir que de todos os gozos aquele que lhe é mais caro sem dúvida é o amor. Cedo ele se apercebe que o enganam quando lhe prometem maiores encantos noutros lugares, e este ardil obriga-o a desconfiar das mais sólidas promessas.

Pregadores que quereis conduzir-me à virtude, dizei-me que ela é indispensavelmente necessária, mas não oculteis que é severa e penosa! Estabelecei muito embora que as delícias do amor são passageiras; que são proibidas, que serão castigadas com as penas eternas e, o que talvez exerça sobre mim maior impressão, que quanto mais doces e encantadoras elas forem, tanto mais generoso será o céu em recompensar tão grande sacrifício; mas confessai que, com o coração que temos, elas são, na terra, a nossa maior ventura.

O final das minhas palavras restituiu o bom humor a Tiberge. Concordou que alguma coisa havia de razoável nos meus pensamentos. A única objeção que opôs foi a de me perguntar porque não entrava eu, ao menos, nos meus princípios, sacrificando o meu amor à esperança desta remuneração de que tão alta ideia formava.

— Oh! caro amigo! — exclamei — é nisso que conheço a minha fraqueza e a minha miséria. Sim, é meu dever proceder pela forma que penso. A ação estará porém no domínio dos meus poderes? O que seria preciso para me esquecer dos encantos de Manon?

— Deus me perdoe — atalhou Tiberge — parece-me ter diante de mim um jansenista.

— Não sei o que sou — repliquei — e não vejo claramente o que deva ser; mas sinto a verdade do que eles dizem.

Esta conversação serviu para renovar a comiseração do meu amigo. Conheceu que a fraqueza excedia à malignidade em todas as minhas ações. A sua amizade mostrou-se mais disposta a prestar-me, no futuro, socorros sem o quais eu teria morrido na miséria. No entanto, nem uma palavra lhe disse dos meus planos de evasão de São Lázaro. Pedi-lhe apenas que se encarregasse de fazer chegar a minha carta ao seu destino. Já a tinha pronta antes da sua chegada e não me faltou um pretexto para encarecer a necessidade que tinha de escrevê-la. Tiberge cumpriu fielmente a missão que lhe confiei. Lescaut recebeu antes da noite a carta que lhe era destinada.

No dia seguinte de manhã já ele estava comigo, tendo passado sem dificuldade por meu irmão. A minha alegria foi extrema ao vê-lo entrar no quarto, cuja porta cuidadosamente fechei à chave.

— Não percamos um único momento — comecei —; conte-me, primeiro, tudo quanto sabe de Manon, e dê-me, em seguida, um bom conselho para me libertar desta prisão.

Afirmou que não tinha visto a irmã desde o dia anterior ao da minha prisão; que só com grande custo tinha sabido do meu e do seu destino; que, tendo-se apresentado duas ou três vezes no Hospital, tinham-lhe proibido a entrada.

— Desgraçado G... M... — bradei eu — como tu pagarás tudo bem caro!

— Quanto à sua liberdade — continuou Lescaut — não é coisa tão fácil como julga. Passamos ontem a noite, eu e dois amigos, a observar o exterior do edifício, e julgamos que dando as suas janelas para um pátio circundado de habitações, como deve ter visto, haverá grande dificuldade em tirá-lo daqui. De mais a mais, está no terceiro andar e não podemos introduzir aqui dentro nem cordas nem escadas. Portanto, não vejo o mínimo recurso da parte de fora; a meu ver, é dentro de São Lázaro que está a chave que o há de pôr ao ar livre.

— Não, — repliquei — tenho examinado tudo, especialmente depois que sou menos rigorosamente vigiado, em virtude da indulgência do superior. A porta do meu quarto se fecha à chave e posso passear no claustro dos religiosos, mas todas as escadas estão vedadas por espessas e fortes portas que cuidadosamente se conservam aferrolhadas dia e noite, de maneira que é impossível escapar-me só pela astúcia. Espere — continuei depois de refletir algum tempo numa ideia que me pareceu excelente — poderia o senhor trazer-me uma pistola?

— Com toda a facilidade — respondeu Lescaut — mas, quer matar alguém?

Assegurei-lhe que não tinha esse propósito e que nem sequer era preciso que a arma estivesse carregada.

— Traga-me amanhã — acrescentei — e não se esqueça de estar defronte da porta principal do edifício, com dois ou três dos nossos amigos às onze horas da noite. Espero que me será possível ir juntar-me ao senhor.

Lescaut insistiu comigo para que lhe dissesse o que tencionava fazer. Respondi-lhe que o plano, tal como o imaginava, só poderia parecer aceitável desde que desse bom resultado. Pedi-lhe que abreviasse a sua visita, para que na manhã seguinte tivesse facilidade em me tornar a ver.

No dia imediato, foi do mesmo modo introduzido sem dificuldade na prisão. O seu aspecto era grave. Ninguém deixaria de tomá-lo por um homem honesto.

Achando-me, pois, munido do instrumento da minha libertação, quase que não duvidei do bom resultado do meu projeto que, com franqueza, era bizarro e atrevido. Mas, de que não seria capaz com as razões que me animavam? Tinha observado, desde que me era permitido sair do quarto e passear nos claustros, que o porteiro trazia, à noite, as chaves de todas as portas ao superior e que, momentos depois, o mais profundo silêncio reinava em todo o edifício, sinal evidente de que todos estavam deitados. Ora, eu podia passar, sem o menor obstáculo, do meu quarto para o do superior, por uma galeria de comunicação. A minha resolução era, pois, a de tirar-lhe as chaves, assustando-o com a pistola, se pusesse dificuldade em me entregá-las, e servir-me delas para me franquear a saída para a rua.

Esperei impacientemente. O porteiro veio, por fim, como de costume, à mesma hora, isto é, alguns minutos depois das nove. Deixei ainda passar uma hora, para me certificar de que todos os religiosos e criados estavam adormecidos. Por fim, parti com a arma e uma luz. Bati à porta do padre muito devagar para acordá-lo sem ruído. Ouviu-me à segunda pancada, e, julgando sem dúvida que era algum religioso que adoecera e tinha necessidade de socorro, levantou-se para abrir. Antes disto, no entanto, tomou a precaução de perguntar, pelo buraco da fechadura, quem era e o que queria.

Vi-me na necessidade de dizer o meu nome, mas afetei um tom lastimoso para lhe fazer compreender que não estava bom.

— Ah! sois vós, meu caro filho! — exclamou ele ao abrir a porta. — O que vos traz aqui tão tarde?

Entrei no quarto e levando-o para o lado oposto à porta, declarei-lhe que me era impossível permanecer por mais tempo em São Lázaro; que a noite oferecia uma ocasião propícia para sair sem ser visto, e que, portanto, esperava da sua amizade que consentiria em abrir as portas ou confiar-me as chaves para que eu mesmo as abrisse.

Tal atrevimento devia surpreendê-lo. Ficou algum tempo atônito, olhando-me sem me responder; mas, como não tinha um momento a perder, tomei de novo a palavra, dizendo-lhe que estava sumamente penhorado com a sua bondade, mas que sendo a liberdade o mais precioso de todos os bens, sobretudo para mim a quem tão injustamente a roubavam, estava resolvido a procurá-la esta noite mesmo, fosse qual fosse o preço por que a devesse obter. E, receando que ele gritasse para pedir socorro, mostrei-lhe, para impor silêncio, a respeitável razão que trazia debaixo do casaco.

— Uma pistola! — exclamou ele. — Pois que, meu filho, quereis tirar-me a vida em sinal de reconhecimento pela consideração em que sempre vos tive?

— Deus me livre de tal — respondi. — Tem, meu padre, demasiado bom-senso para não me forçar a tal extremo, mas quero ser livre e estou tão resolvido a isso que, se o projeto falha por sua culpa, pode despedir-se do mundo.

— Mas, meu caro filho — interrompeu o superior pálido e assustado — que vos fiz? Que motivo tendes para me querer dar a morte?

— Ah! não — repliquei cheio de impaciência — não tenho intenção de matá-lo, se quiser viver. Abra-me a porta e serei o seu melhor amigo.

Tendo descoberto as chaves que estavam em cima da mesa, agarrei-as e pedi-lhe que me seguisse, fazendo o menor ruído possível.

Não teve remédio senão resolver-se a acompanhar-me. À medida que avançávamos e que abria uma porta, dizia-me suspirando:

— Ah! meu filho! Quem o teria julgado?

— Nada de barulho, meu padre, — repetia eu, de minha parte, a todo momento.

Enfim, chegamos a uma espécie de barreira que está diante do portão da rua. Já me julgava livre e estava por detrás do superior com a lanterna numa das mãos e a pistola na outra.

Enquanto ele se apressava a abrir a porta, um criado que dormia num quarto, ouvindo o barulho dos ferrolhos, levantou-se e mostrou a cabeça pela porta do compartimento. O bom padre julgou que esse homem seria capaz de me prender. Ordenou-lhe, imprudentemente, que viesse em seu socorro.

Era um valente rapagão que se lançou a mim resolutamente. Não hesitei um instante: disparei a pistola e a bala entrou-lhe no peito.

— Eis, meu padre, um ato de que sois culpado — disse altivamente ao meu guia. Mas que isto não vos impeça de acabar o serviço — concluí, impelindo-o para a última porta.

Não se recusou a abri-la. Saí, felizmente, e deparei Lescaut a quatro passos de distância, que me esperava com dois amigos, segundo a sua promessa.

Afastamo-nos. Lescaut perguntou se não tinha havido um tiro.

— A culpa é sua — disse eu; — para que trouxe a pistola carregada?

No entanto, agradeci-lhe a precaução, sem a qual teria ficado em São Lázaro por muito tempo.

Fomos passar a noite numa estalagem, onde me desforrei da má comida com que me alimentaram durante três meses. Não pude, porém, recuperar a alegria. Manon fazia-me sofrer mortalmente.

— É preciso libertá-la — disse aos meus amigos. — Não desejei a liberdade senão para isso. Peço a todos os três a ajuda da sua astúcia; eu empregarei a própria vida.

Lescaut, a quem não faltavam a finura e a prudência, aconselhou-me muita cautela, pois a minha evasão de São Lázaro e a desgraça que à saída me havia acontecido, dariam que falar; o intendente-geral da polícia havia de procurar-me e ele tinha os braços compridos... Acrescentou, por fim, que se eu não quisesse estar exposto a coisa pior que São Lázaro, era preciso esconder-me por alguns dias, para que o primeiro fogo dos meus inimigos se extinguisse. Os seus conselhos eram prudentes, mas era preciso também ter juízo para segui-los. Tanta lentidão e rodeios não se conciliavam com a minha paixão. Toda a minha complacência se resumiu em afiançar-lhe que passaria o dia seguinte a dormir. Fechou-me no seu quarto, onde fiquei até à noite.

Empreguei parte desse tempo a formar projetos e a lembrar-me de expedientes para socorrer Manon. Estava bem persuadido de que a sua prisão era ainda mais impenetrável do que a minha. Não se tratava de força ou de violência, era preciso o artifício; mas a própria deusa da invenção não saberia por onde começar. Realmente, via tão poucos meios, que resolvi pensar num plano quando tivesse conhecimento da disposição interior do Hospital.

Logo que a noite me tornou senhor da liberdade, pedi a Lescaut que me acompanhasse. Travamos conversa com um dos porteiros que nos pareceu homem de bom-senso. Fingi ser um estrangeiro que tinha ouvido falar com admiração do Hospital Geral e da ordem que nele se observava. Interroguei-o sobre as menores coisas, e de detalhe em detalhe falamos dos administradores de que lhe pedi me dissesse os nomes e a posição. As suas respostas a tal respeito fizeram-me nascer uma ideia por mim louvada imediatamente que não tardei a pôr em execução.

Perguntei-lhe, como parte essencial da realização do meu desígnio, se estes senhores tinham filhos. Disse que não podia dizer-me ao certo a respeito de todos, mas que em relação a M. de T..., que era um dos principais, conhecia-lhe um filho em idade de casar e que tinha vindo com seu pai muitas vezes ao Hospital. Bastava este esclarecimento.

Acabei logo a conversa, e confiei a Lescaut ao voltarmos para casa, o plano que tinha concebido.

— Penso — disse-lhe — que o filho de M. de T..., que é rico e de boa família, deve ter uma tal ou qual inclinação para o prazer, como a maior parte dos rapazes da sua idade. Não pode ser inimigo das mulheres nem ridículo a ponto de recusar os seus serviços num caso de amor. Tenciono interessá-lo na libertação de Manon. Se é honrado e dotado de elevados sentimentos, há de nos conceder a sua ajuda por mera generosidade. Se não for capaz de deixar-se guiar por tal sentimento, de certo há de fazer alguma coisa por uma criatura tão linda, ainda que não seja senão com a esperança de obter os seus favores. Não quero, pois, adiar o meu encontro com ele senão até amanhã. Sinto tal contentamento com este plano que desde já antevejo o seu êxito.

Lescaut convenceu-se de que poderíamos esperar alguma coisa das minhas ideias. Eu passei a noite menos tristemente.

Logo que amanheceu, vesti-me o mais elegantemente que era possível, no estado de indigência em que me encontrava, e fiz-me conduzir num fiacre à casa de M. de T... que ficou surpreendido com a visita de um desconhecido. Fiquei bem impressionado com a sua fisionomia e as suas maneiras. Abri-me com ele francamente e, para excitar os seus sentimentos naturais, falei-lhe da minha paixão e das excelentes qualidades da minha amante, como de duas coisas que não podiam ser avaliadas senão uma pela outra. Respondeu que, não obstante não ter ainda visto Manon, tinha ouvido falar dela, se por acaso se tratava da que havia sido amante do velho G... M... Não duvidei de que ele conhecesse também a parte que eu tivera nesta aventura — e para ganhar mais e mais no seu espírito, pela confiança que nele depositasse, contei-lhe tudo quanto nos tinha acontecido, a mim e a Manon.

— Bem vê, senhor — continuei — que o interesse da minha vida e do meu coração está agora nas suas mãos. Um não me é mais caro do que o outro. Não tenho com o senhor a menor reserva, porque estou informado do seu cavalheirismo, e a aproximação das nossas idades deixa-me esperar que há de haver muitos pontos de contato nas nossas inclinações.

Mostrou-se muito penhorado por estes sinais de franqueza e de sinceridade. A sua resposta foi a de um homem de educação e sentimentos elevados que o mundo nem sempre dá e que muitas vezes faz perder.

Disse-me que considerava a minha visita como uma das suas mais agradáveis surpresas; que consideraria a minha amizade como a mais feliz das suas aquisições e havia de se esforçar por merecê-la com o zelo dos seus préstimos.

Não prometeu restituir-me Manon, porque não tinha para isso, segundo me dizia, suficiente poder; mas ofereceu-se para me proporcionar o prazer de vê-la e de fazer tudo quanto estivesse ao seu alcance para que ela voltasse de novo aos meus braços. Fiquei mais satisfeito com esta incerteza da sua influência do que o teria ficado com a plena promessa de satisfazer todos os meus desejos. Achei na moderação das suas ofertas um sinal de franqueza que me encantou. Numa palavra, prometeu-me todos os seus bons ofícios. Só a perspectiva de me fazer chegar junto de Manon era bastante para que por ele tudo eu empreendesse. Mostrei-lhe em parte os sentimentos que me animavam e de maneira tal que fico convencido de que eu não era dotado de má índole. Abraçamo-nos ternamente e tornamo-nos amigos, sem outro impulso que não fosse bondade dos nossos corações e uma simples disposição que leva o homem generoso a amar outro homem que com ele se pareça.

Ele levou a demonstração da sua estima ainda mais longe, pois, calculando as minhas aventuras e julgando que, tendo saído de São Lázaro, não deveria estar em muito boas circunstâncias, ofereceu-me a sua bolsa, insistindo comigo para que a aceitasse. Não a aceitei, mas disse-lhe:

— É excessivo, meu caro senhor. Se com tanta bondade e afeto fizer com que torne a ver a minha querida Manon, terá em mim um escravo dedicado por toda a vida. Se ma restitui, não me julgarei quites do que lhe ficarei a dever, ainda que derrame todo sangue para o servir.

Não nos separamos senão depois de termos combinado a hora e o lugar em que de novo nos encontraríamos. Foi tão amável que não prolongou este prazo além da tarde desse mesmo dia.

Esperei-o num café; seriam quatro horas quando veio ter comigo, e saímos ambos imediatamente para o Hospital. Os meus joelhos vergavam quando atravessei o pátio da prisão.

— Poderio de amor! — dizia — tornarei pois a ver o ídolo do meu coração, a causa de tantas lágrimas e de tantas inquietações! Céu! conserva-me a vida até que a veja; depois, dispõe dela como te aprouver; não tenho mais nada a pedir!

M. de T... falou a alguns porteiros da casa, que correram a servi-lo. Fez com que lhe indicassem o lugar do edifício onde estava Manon e para lá nos conduziu um carcereiro, levando na mão uma chave de tamanho desmesurado que servia para abrir a porta do seu quarto. Perguntei a este homem, que nos guiava e que era o encarregado de vigiá-la, de que modo passava ela o tempo nesta triste habitação. Respondeu que Manon era de uma bondade angélica, que de sua boca nunca saíra uma palavra mais áspera, que durante as primeiras seis semanas de reclusão nada fazia senão chorar, mas que ultimamente parecia sofrer com muita paciência a sua desgraça, ocupando-se em costurar de manhã até à noite, exceto algumas horas que destinava à leitura. Perguntei-lhe ainda com interesse, se havia sido bem tratada. Afirmou que, pelo menos, o necessário não lhe havia faltado nunca.

Aproximamo-nos da porta. Meu coração batia violentamente. Disse a M. de T...:

— Entre primeiro e previna-a da minha visita, porque receio que ela sofra uma grande comoção, vendo-me sem me esperar.

Aberta a porta, M. de T... entrou, e eu fiquei no corredor, mas de maneira a poder ouvir tudo que se falava. Dizia-lhe ele que a vinha consolar, que era um dos meus amigos, e que tinha o maior empenho na nossa felicidade. Manon perguntou-lhe se lhe poderia dizer o que era feito de mim. M. de T... respondeu-lhe logo que se comprometia a levar-me diante dela, tão terno e tão fiel como ela o poderia desejar.

— E quando?

— Hoje mesmo. Esse feliz momento não tardará muito. Des Grieux vai aparecer na sua presença, se assim o deseja.

Manon compreendeu que eu estava à porta. Entrei no momento em que ela corria precipitadamente para fora.

Beijamo-nos com essa efusão de ternura que uma ausência de três meses torna encantadora para os verdadeiros amantes. Os nossos suspiros, as nossas exclamações interrompidas, mil nomes de amor repetidos languidamente, foram durante um quarto de hora uma cena que comoveu M. de T...

— Fazem-me inveja — disse-nos ele, obrigando-nos a sentar; não há destino, por mais glorioso que fosse, que eu preferisse a uma amante tão bela e tão apaixonada.

— Também eu desprezaria todas as grandezas do mundo, só para me garantir a felicidade do seu amor — respondi.

Todo o resto de um encontro tão desejado não podia deixar de ser infinitamente terno. A pobre Manon contou as suas desventuras, e eu as minhas. Choramos amargamente quando falamos da situação em que estávamos. M. de T... animou-nos com novas promessas de se dedicar inteiramente à finalizar as nossas desventuras. Aconselhou-nos que não prolongássemos demasiadamente esta primeira entrevista, para que ele tivesse mais facilidade em nos proporcionar outras. Custou-lhe muito obter a nossa obediência. Manon, sobretudo, não se resolvia a deixar-me partir. Mais de uma centena de vezes me fez de novo sentar. Segurava-me a roupa e agarrava-me as mãos.

— Ah! em que lugar tu me abandonas! — exclamava ela. — Quem sabe se tornarei a ver-te?

M. de T... prometeu-lhe que a visitaria muitas vezes comigo e acrescentou alegremente:

— Quanto ao lugar, não se deve chamar Hospital. Desde que está aqui uma pessoa que merece a adoração de todos os corações, é Versalhes.

Ao sair, gratifiquei generosamente o carcereiro a fim de que ele fosse mais solícito para com Manon. Este rapaz era de melhor índole e menos brutal do que os da sua classe. Tinha sido testemunha da nossa entrevista e o espetáculo comovera-o. Um luís de ouro que lhe dei acabou de levar ao máximo grau toda sua dedicação. Chamou-me à parte quando descíamos a escada para me dizer:

— Se o senhor me quiser tomar ao seu serviço ou recompensar da perda do emprego que aqui tenho, posso talvez libertar Mademoiselle Manon.

Eu era todo ouvidos ao escutar tal proposta; e ainda que nada tivesse de meu, fiz-lhe promessas muito superiores aos seus desejos. Contava que sempre me seria fácil recompensar um homem desta espécie.

— Fica certo, meu amigo — disse-lhe eu — de que não haverá nada que não te faça e que a tua fortuna é tão certa como a minha.

Quis saber qual o meio que tinha intenção de empregar para realizar as promessas que me fazia.

— O meio é este: abrir-lhe de noite a porta do quarto e conduzi-la até à rua, onde será preciso que o senhor esteja para recebê-la.

Perguntei-lhe se não deveria recear que ela fosse reconhecida ao atravessar os corredores e os pátios. Confessou que algum perigo havia, mas que era preciso arriscar-se alguma coisa.

Ainda que estivesse contente de vê-lo tão firme, chamei M. de T... para lhe comunicar este projeto e a única razão que a mim me parecia torná-lo duvidoso. Achou-o mais difícil do que eu o julgava, concordando, no entanto, que ela podia evadir-se deste modo.

— Mas se a reconhecem — continuou ele — se a prendem ao fugir, talvez nunca mais tenha liberdade. Além disso, é preciso que ambos saiam imediatamente de Paris, pois nunca estariam bem ocultos das pesquisas policiais, que seriam duplicadas, tanto pelo senhor como por ela. Um homem só, escapa facilmente; mas é quase impossível permanecer incógnito quando é acompanhado por uma mulher bonita.

Por mais sólido que me parecesse este argumento, não pôde vencer no meu espírito a ideia de ver Manon proximamente restituída à liberdade. Assim o declarei a M. de T..., pedindo-lhe que perdoasse ao amor um pouco de temeridade e de imprudência. Acrescentei que o meu desígnio era, com efeito, deixar Paris para ir viver, como já outrora o tinha feito, em algum arrabalde.

Combinamos então com o criado não prolongar a execução do plano além do dia seguinte. E, para tornar o êxito tão seguro quanto cabia em nossas forças, resolvemos arranjar um traje de homem, afim de facilitar a saída de Manon. Não era fácil fazê-lo entrar; mas não me foi impossível achar o meio para conseguir. Pedi somente a M. de T... que trouxesse no dia seguinte duas roupas ligeiras, uma sobre a outra, e encarreguei-me do resto.

Voltamos nessa manhã ao Hospital. Trazia comigo, para Manon, meias, camisa, etc. e por cima do gibão um sobretudo que não deixava ver o volume dos bolsos. Não conversamos com Manon senão uns momentos. M. de T. .. deixou-lhe ficar uma das suas vestes; dei-lhe o meu gibão, porque, para completar o meu vestuário, sem ser notado, me bastava o sobretudo. Nada faltava, a não ser o calção, que desgraçadamente tinha me esquecido.

Esta falta de uma peça tão necessária, nos faria rir se o embaraço em que nos colocava não fosse tão sério. Estava desesperado pelo fato de uma bagatela dessa natureza ser capaz de nos impedir a execução do nosso projeto. No entanto, resolvi eu mesmo sair sem calções deixando-os com Manon. O meu sobretudo era comprido e, com a ajuda de alguns alfinetes, achei-me em estado de chegar decentemente até à rua.

O resto do dia pareceu-me de uma extensão insuportável. Enfim, chegando a noite, dirigimo-nos para junto da porta do Hospital dentro de uma carruagem. Não nos demoramos muito tempo sem que víssemos aparecer Manon e o seu guia. Aberta a portinhola do coche, ambos subiram para ele num instante. Recebi nos braços a minha querida amante, que tremia como uma folha ao vento. O cocheiro perguntou-me para onde nos devia conduzir.

— Leva-nos para o fim do mundo e para qualquer parte onde não possa mais ser separado de Manon.

Esta exaltação, que não pude dominar, nos ia sendo fatal. O cocheiro notou a minha linguagem e, quando em seguida lhe disse o nome da rua para onde nos devia levar, respondeu que receava muito que eu o comprometesse; que bem via que o rapaz a quem chamavam Manon era uma jovem que eu raptara do Hospital e que ele não se achava muito disposto a perder-se por minha causa.

Os receios deste tratante não eram senão o desejo de me fazer pagar mais pelo aluguel do coche. Estávamos muito perto do Hospital para que não procedêssemos com prudência.

— Cala-te, — disse-lhe — ganhas um luís de ouro.

Depois destas palavras ele teria me ajudado a deitar fogo ao próprio Hospital.

Chegamos à casa onde morava Lescaut. Como era tarde M. de T... despediu-se de nós no caminho, prometendo vir ver-nos no dia seguinte.

Conosco ficou só o criado. Eu levava Manon tão estreitamente apertada nos meus braços que não ocupávamos os dois mais de que um lugar na carruagem. Ela chorava de alegria, e eu sentia as faces banhadas pelas suas lágrimas.

Mas, quando descemos para entrar em casa de Lescaut, tive com o cocheiro nova rixa cujas consequências foram funestas.

— Arrependi-me de lhe ter prometido um luís, não só porque a gratificação era excessiva, mas por outra razão ainda mais forte, que era a impossibilidade em que me achava de pagá-lo. Mandei chamar

Lescaut que desceu à porta da rua e informei-o ao ouvido do embaraço em que estava. Como tinha um temperamento brusco e como de maneira alguma estava acostumado a tratar bem os cocheiros, respondeu que eu estava brincando.

— Um luís de ouro!... — ajuntou; — vinte bengaladas nesse maroto!

Tentei inutilmente mostrar-lhe que o seu procedimento nos ia perder. Tirou-me a bengala das mãos e investiu para o cocheiro. Este, que talvez já soubesse o que era um soldado da guarda real ou um mosqueteiro, fugiu cheio de medo, gritando que o tinham enganado mas que em breve teriam notícias suas. Inutilmente pedi-lhe que parasse...

A sua fuga inquietava-me extremamente. Não duvidava de que fosse informar o comissário de polícia.

— Perdeu-nos — disse eu a Lescaut; não estaremos seguros em sua casa; é preciso fugirmos imediatamente.

Dei o braço a Manon e saímos prontamente desta rua tão perigosa. Lescaut nos fez companhia.

* * *

O cavalheiro des Grieux tinha gasto já mais de uma hora nesta narrativa. Pedi-lhe, portanto, que descansasse um pouco e que nos fizesse companhia à ceia. Esta delicadeza fez-lhe crer que o havíamos escutado com prazer. Assegurou-nos que a continuação da sua história ainda era mais interessante, e, quando acabamos a refeição, continuou nestes termos:

Segunda Parte

É qualquer coisa de admirável, o modo como a Providência encadeia os acontecimentos. Tínhamos andado apenas uns cinco ou seis minutos quando um homem, cujo rosto não percebi, reconheceu Lescaut.

Procurava-o decerto nos arredores da sua casa com o desgraçado plano que executou.

— É Lescaut — disse ele, disparando uma pistola; — irá esta noite cear com os anjos.

E fugiu em seguida.

Lescaut caiu sem dar sinal de vida. Insisti com Manon para fugir, porque os nossos socorros eram inúteis a um cadáver, e eu temia ser preso pela polícia, que não devia tardar a aparecer. Meti-me com ela e o criado pela primeira rua que apareceu. Manon estava de tal modo desfalecida que quase me custava sustê-la. Por fim, avistei uma carruagem no extremo dessa rua. Subimos para ela, mas quando o cocheiro me perguntou para onde nos havia de conduzir, fiquei novamente embaraçado com a resposta que devia dar-lhe. Não tinha asilo seguro, nem amigo de confiança a quem ousasse pedir auxílio; estava sem dinheiro, não tendo nos bolsos mais do que meio dobrão. O susto e a fadiga tinham de tal modo deprimido Manon que ela estava como que pasmada a meu lado. Ademais, eu tinha a imaginação transtornada com a morte de Lescaut, e não haviam desaparecido ainda as minhas apreensões quanto à perseguição da polícia.

Que havia de fazer? Lembrei-me, felizmente, da hospedaria de Chaillot, onde tinha passado alguns dias com Manon, quando fomos àquela aldeia procurar casa para morarmos. Esperava não só estar seguro ali, mas poder viver algum tempo sem ser obrigado a pagar imediatamente.

— Leva-nos para Chaillot — disse ao cocheiro.

Recusou ir até lá àquela hora avançada, a não ser que lhe dessem um dobrão; outro motivo de embaraço. Enfim, ajustei a corrida por seis francos. Era todo o dinheiro que me restava.

Pelo caminho, tratei de consolar Manon; mas, em verdade, eu tinha o desespero na alma. Teria me suicidado se não levasse nos braços o único bem que me prendia à vida. Este pensamento dava-me coragem: — ao menos possuo-a; Manon me ama. Manon é minha. Por mais que Tiberge diga, não é isto só um fantasma da felicidade. Veria perecer todo o universo sem que isso me importasse. Por quê? Porque nenhuma afeição mais me restava.

Este sentimento era verdadeiro; contudo, na ocasião em que eu tão pouco caso fazia dos bens do mundo, sentia a necessidade de possuir uma pequena parte deles, para ainda mais soberanamente poder desprezar o resto. O amor é mais forte do que a abundância, mais forte do que os tesouros e as riquezas; mas tem necessidade do seu auxílio e nada há mais desesperador para um amante delicado do que ver-se forçado por este fato a descer à grosseria das almas vis e baixas.

Eram onze horas quando chegamos a Chaillot. Fomos recebidos na hospedaria como velhos conhecidos. Não se admiraram de ver Manon em traje de homem porque em Paris e seus arrabaldes está-se habituado a ver as mulheres praticarem toda a sorte de extravagâncias. Fiz servirem Manon como se a minha bolsa estivesse bem recheada. Ela ignorava a miséria das minhas finanças e tive o cuidado de não informá-la desta particularidade, resolvido como estava a voltar a Paris no dia seguinte, afim de procurar remédio para esta desgostante espécie de doença.

Durante a ceia Manon pareceu-me pálida e magra. Não havia dado por isso no Hospital, porque o quarto onde a tinha visto pela primeira vez não era dos mais claros. Perguntei-lhe se seriam ainda efeitos do horror de ver assassinarem o irmão; respondeu, assegurando-me que, por muito que este acidente a tivesse prostrado, a sua palidez não provinha senão de ter passado três meses ausente de mim.

— Então, me amas extremamente?

— Mil vezes mais do que te poderia dizer, — respondeu ela.

— E nunca mais me deixarás?

— Não, nunca! — replicou ela.

E esta confissão foi confirmada por tantas carícias e juramentos que parecia impossível que ela os pudesse esquecer. Sempre julguei que Manon era sincera. Que razão teria para fingir até este ponto?

Mas, era ainda mais volúvel, ou melhor, não era mais do que inconstante e nem sequer se reconhecia a si mesma quando, tendo diante dos olhos, mulheres que viviam no meio do luxo e da abundância, se via forçada a lutar com a miséria e as necessidades. Estava em vésperas de ter uma última prova desta verdade, prova terrível que excedeu a todas as outras e que produziu a mais extraordinária aventura que tenha acontecido a um homem da minha condição e com a minha sorte.

Conhecendo-lhe, pois, esta tendência, dei-me pressa em ir no dia seguinte a Paris. A morte de seu irmão, a necessidade de ir buscar roupas para ela e para mim, eram razões tão convincentes que não precisei inventar nenhum pretexto.

Saí da hospedaria com a intenção — disse a Manon e ao estalajadeiro — de tomar uma carruagem de aluguel; mas esta evasiva era uma fanfarronada. A penúria obrigou-me a ir a pé até Cours-la-Reine, onde tinha intenção de parar. Precisava de um momento de solidão para estudar minuciosamente o que ia fazer em Paris.

Sentei-me na relva. Entrei num oceano de considerações que se reduziam pouco a pouco a três pontos principais: tinha necessidade de socorro imediato para ocorrer a um número infinito de coisas urgentes; precisa encontrar um meio qualquer que me desse ao menos esperanças para o futuro; e, o que não era também de pouca monta, tinha de procurar informações e de tomar medidas para minha segurança e de Manon. Depois de ter esfalfado a mente em projetos e combinação sobre estas três questões, julguei ainda a propósito omitir as duas últimas. Não estávamos mal refugiados numa casa em Chaillot, e quanto às exigências futuras, bastaria pensar nelas depois de ter acudido às presentes.

Tratava-se, pois, de encher sem demora a bolsa. M. de T... tinha generosamente me oferecido a sua, mas repugnava-me extremamente voltar a falar-lhe nesse assunto. Que espécie de pessoa é aquela que vai expor a sua miséria a um estranho, pedindo-lhe que reparta com ela o que tem? Só uma alma vil seria capaz de tal coisa, praticando uma baixeza que a impede de lhe sentir a indignidade, ou só um cristão desapegado das vaidades da terra, movido por um excesso de humildade que o torna superior a esta vergonha. Eu não era nem um homem abjeto nem esse bom cristão. Teria dado metade do meu sangue para evitar uma humilhação de tal ordem.

— Tiberge — dizia eu comigo — o bom Tiberge recusar-me-á o dinheiro com que me possa socorrer? Não. Ficará comovido com a minha miséria, mas me assassinará com a sua moral. É preciso ir disposto a afrontar as suas repreensões e os seus conselhos. Há de fazer-me comprar o seu auxílio tão caro, que daria ainda uma parte do meu sangue para não me expor a esta cena desagradável que me deixará no sentimento a perturbação e o remorso...

— Bem, — dizia eu — será então preciso renunciar a toda esperança, visto que outros meios não me restam e eu estou tão pouco disposto a usar destes dois que antes daria metade da vida, voluntariamente, do que seguiria um só deles. Sim, o meu sangue todo — concluí, depois de um momento de reflexão antes queria dá-lo do que ver-me reduzido a fazer tais súplicas. Mas, trata-se aqui de meu sangue? Não. Trata-se da vida e do sustento de Manon, do seu amor e da sua fidelidade. Que tenho eu a pôr em paralelo com ela? Manon é para mim a glória, a felicidade, a fortuna. Há muitas coisas, sem dúvida, pelas quais daria a minha vida para obter ou para evitar; mas o fato de estimar uma coisa mais do que a minha vida, não é razão bastante para que a estime tanto como a Manon.

Depois destes raciocínios, pouco me custou a resolver-me. Continuei o caminho na intenção de ir com Tiberge e de me dirigir dali à casa de M. de T...

Ao entrar em Paris tomei uma carruagem. Ainda que não tivesse com que pagar, contava com os recursos que ia pedir. Fiz-me conduzir ao Luxemburgo, de onde mandei advertir Tiberge de que estava à sua espera. A minha impaciência foi satisfeita com a sua prontidão em aparecer. Informei-o da minha penúria sem o menor rodeio. Respondeu, perguntando-me se os cem dobrões que lhe tinha pago me bastariam; e sem fazer a menor objeção, foi buscá-los com esse ar franco, esse prazer de obsequiar que só conhecemos no amor e na amizade verdadeira.

Ainda que não tivesse a menor dúvida sobre o bom êxito do meu pedido, surpreendeu-me havê-lo conseguido tão simplesmente, isto é, sem que Tiberge me fizesse um sermão sobre minha impenitência. Mas enganei-me, julgando-me totalmente quite das suas repreensões porque, quando acabei de meter o dinheiro no bolso e preparava para deixá-lo, pediu-me que fosse dar com ele uma volta pela alameda.

Eu não lhe tinha falado de Manon. Tiberge ignorava que ela estivesse em liberdade. Assim, o seu sermão não versou senão sobre minha fuga temerária de São Lázaro e sobre o receio que ele tinha de que as lições que eu lá havia recebido, em vez de me servirem de proveito, fizessem com que caísse de novo na devassidão. Disse que, tendo ido a São Lázaro para visitar-me, no dia seguinte ao da minha evasão, ficara altamente surpreendido quando soube o modo por que havia fugido; e que a tal respeito tivera uma conferência com o superior; que o pobre padre ainda não estava em si do susto, mas que no entanto levara a sua generosidade ao ponto de esconder ao intendente-geral da polícia as circunstâncias da minha fuga, fazendo ao mesmo tempo com que, para além das portas do edifício, todos ignorassem a morte do porteiro; que eu podia estar certo de que por este lado nenhum mal me viria, mas que se me restava ainda algum vislumbre de honra, deveria aproveitar desta crise feliz que o céu dava às minhas extravagâncias; que eu devia começar por escrever a meu pai, tratando de me reconciliar com ele e que, se eu quisesse uma vez ao menos seguir os seus conselhos, era de opinião que deixasse Paris, voltando ao seio da minha família.

Ouvi o sermão até o fim. Nele havia muitas coisas tranquilizadoras. Primeiramente, fiquei satisfeitíssimo de nada ter que temer do lado de São Lázaro. As ruas de Paris tinham-se tornado livres para mim. Em segundo lugar, regozijei-me com o fato de Tiberge nada saber da libertação de Manon, ignorando que estava novamente em minha companhia. Notei mesmo que Tiberge tinha evitado falar nela, na opinião, aparentemente, de que eu já não estava tão apaixonado visto que tão tranquilo me mostrava a seu respeito. Resolvi, no entanto, não voltar para casa de minha família, mas ao menos escrever a meu pai, como ele aconselhava, testemunhando-lhe quanto me achava disposto a regressar aos meus deveres e a obedecer à sua vontade.

A minha esperança era de o levar a enviar-me dinheiro, sob o pretexto de fazer os meus estudos na Academia, pois custar-me-ia muito persuadi-lo de que estava disposto a voltar ao estado eclesiástico.

No fundo, não tinha a menor aversão por aquilo que lhe prometia. Estava até bem satisfeito de procurar uma vida honesta e decente tanto quanto este desígnio pudesse conciliar-se com o meu amor. Tinha intenção de viver com a minha amante e continuar ao mesmo tempo os estudos. Isto era muito aceitável.

Estas ideias produziram em mim tal satisfação, que prometi a Tiberge enviar naquele mesmo dia uma carta a meu pai. Efetivamente, depois de deixá-lo, escrevi uma carta tão terna e submissa, que, ao lê-la, pensei com ela obter alguma coisa do coração paterno.

Ainda que estivesse em circunstâncias de pagar uma carruagem, achei prazer em caminhar altivamente a pé, dirigindo-me à casa de M. de T... Achava certo encanto nesse exercício da minha liberdade, pela qual o meu amigo me havia assegurado nada ter a temer. Contudo, lembrei-me de repente que esta segurança era só relativamente a São Lázaro e que eu estava, além disso, envolvido no caso do Hospital, sem contar com a morte de Lescaut, à qual assistira como testemunha.

Esta lembrança assustou-me de tal modo que entrei por uma rua deserta, de onde mandei chamar uma carruagem.

Fui direto à casa de M. de T... a quem fiz rir com os meus receios. Até eu também tinha vontade de rir depois que ele me disse que nada tinha a temer, nem com referência ao Hospital nem pelo assassínio de Lescaut. Contou-me que, na ideia de que supusessem ter ele tomado parte no rapto de Manon, havia ido logo de manhã ao Hospital, pedindo para vê-la e fingindo ignorar o que havia acontecido; que ali estavam tão longe de nos acusar a mim ou a ele, que pelo contrário, tinham se apressado, a narrar-lhe a aventura como um acontecimento extraordinário e admiravam-se de que uma jovem tão bonita como Manon houvesse fugido com um criado; que ele se limitara a responder friamente que não estranhava o caso e que tudo se faz para se conseguir a liberdade.

Continuou contando que tinha ido ali à casa de Lescaut, na esperança de lá me encontrar com a minha encantadora amante; que o dono da casa, que era cocheiro, lhe afirmara que não nos tinha visto; mas que não admirava que nós não aparecêssemos em casa, porque era só para visitar Lescaut que lá íamos e que sem dúvida teríamos sabido que o haviam assassinado. Interrogando o homem sobre as causas e circunstâncias dessa morte, ele tinha declarado o seguinte: duas horas antes, um soldado da guarda real, amigo de Lescaut, viera visitá-lo e depois começaram a jogar. Lescaut ganhara tão rapidamente o dinheiro que o seu camarada trazia, que este, em menos de uma hora, ficou sem nenhum.

Este desgraçado, vendo-se sem um soldo, pediu a Lescaut que lhe emprestasse metade da soma que tinha perdido: e por algumas questiúnculas que sobrevieram, os dois começaram a discutir, chegando às maiores insolências. Lescaut recusara sair para se bater, e o outro, afastando-se, jurou que lhe havia de fazer saltar os miolos, o que executou nessa mesma noite.

M. de T... acrescentou que tinha estado muito inquieto por nossa causa e que continuava a oferecer-me os seus serviços. Não hesitei em lhe dizer o lugar para onde me tinha retirado. Pediu que o deixasse ir cear conosco.

Como não me restava mais nada a fazer do que levar roupa e vestidos para Manon, disse-lhe que podíamos partir imediatamente se ele tivesse a bondade de passar por algumas lojas em minha companhia. Não sei se julgou que fazia esta proposta com o fim de provocar a sua generosidade ou se foi simples movimento de uma bela alma. O caso é que consentiu em acompanhar-me e levou-me aos estabelecimentos que forneciam à sua família; fez-me escolher fazendas de preços mais consideráveis do que aquelas que eu queria e quando me dispunha a pagá-las, proibiu aos comerciantes que recebessem de mim qualquer quantia. Isto foi feito com tal delicadeza, que julguei poder aproveitar-me do favor sem ter de corar. Tomamos ambos o caminho de Chaillot, onde cheguei muito mais tranquilo do que quando de lá saí.

A minha presença e a delicadeza de M. de T... bastaram para dissipar a tristeza que se tinha apossado de Manon.

— Esqueçamos os terrores passados, minha querida — disse-lhe eu. — Somos mais felizes do que nunca. O amor, em último caso, é um bom soberano. A má sorte não poderia nos causar tantos males como as alegrias que ele nos tem proporcionado.

A nossa ceia foi uma verdadeira cena de jovialidade.

Eu estava mais ufano e satisfeito com Manon e com os meus dobrões do que decerto estaria o mais abastado capitalista com os seus tesouros empilhados. É preciso avaliarmos a nossa riqueza pelos meios que temos de satisfazer os nossos desejos e eu não tinha mais do que um. O futuro pouco cuidado me dava. Estava quase certo de que meu pai me daria o suficiente para poder viver honestamente em Paris, visto que, contando já vinte anos, tinha o direito de exigir a parte da herança de minha mãe. Não ocultei a Manon que tudo quanto então possuía eram cem dobrões, quantia suficiente para esperar tranquilo e sossegado uma melhor fortuna que não deveria falhar-me ou fosse pelos meus direitos de sucessão ou pelos recursos do jogo.

Assim, durante as primeiras semanas, não cuidei senão de gozar a minha situação; a honra e ainda um tal ou qual receio da polícia, faziam-me adiar, de dia para dia, nova ligação com os associados da espelunca do Hotel da Transilvânia. Limitava-me a jogar noutros círculos menos falados, onde o favor da sorte me poupou a humilhação de recorrer à fraude.

Ia passear na cidade todas tardes e voltava a Chaillot, para cear, acompanhado muitas vezes por M. de T..., cuja amizade para conosco aumentava de dia para dia.

Manon achou meios de distração. Ligou-se, na vizinhança, com algumas moças que a primavera levara até Chaillot. Os passeios e os exercícios próprios do seu sexo constituíam alternativamente a sua ocupação. Uma partida de jogo, cujo preço elas tinham limitado, dava para as despesas da carruagem. Iam de tarde tomar ar no bosque de Bolonha, e, à noite, no meu regresso, encontrava sempre Manon mais bela, mais contente e mais apaixonada do que nunca.

No entanto, algumas nuvens pareceram ameaçar o céu da nossa felicidade: mas, bem depressa se dissiparam, e o gênio folgazão de Manon fez com que o seu desenlace fosse tão cômico, que ainda sinto prazer na recordação que me traz à mente a sua ternura e os recursos do seu espírito.

O único criado que eu tinha chamou-me um dia de parte para dizer, todo atrapalhado, que tinha a comunicar-me um segredo de importância. Animei-o a que falasse com toda a liberdade. Depois de alguns rodeios, disse que um cavalheiro desconhecido parecia ter-se apaixonado por Mademoiselle Manon.

O meu sangue agitado se fez sentir em todas as minhas veias.

— E ela gosta dele? — interrompi, mais repentinamente do que a prudência mandava, para obter todos os esclarecimentos.

A minha vivacidade assustou-o. Respondeu, um tanto inquieto e balbuciante, que a sua penetração não tinha ido tão longe; mas, que tendo observado que esse desconhecido vinha assiduamente ao bosque de Bolonha, que se apeava da sua carruagem e que parecia procurar ocasião de se encontrar a sós com Manon, ele se lembrara de entabular relações com os lacaios que o acompanhavam, para indagar o nome do amo; que eles lhe tinham dito que era um príncipe italiano e que o julgavam envolvido numa aventura amorosa; que nenhum outro esclarecimento pudera obter, porque o príncipe, chegando-se ao pé dele, lhe tinha, com toda a familiaridade, perguntado o seu nome. Depois, como se tivesse adivinhado que ele era nosso servo, tinha-o felicitado por estar ao serviço da pessoa mais encantadora do mundo.

Eu esperava com impaciência o final desta narrativa. O criado terminou-a com evasivas cheias de timidez que não atribuí senão às minhas imprudentes exaltações. Insisti, inutilmente para que continuasse a contar o que soubesse sem o menor rebuço. Protestou que nada mais sabia: que o que me acabava de contar se havia dado no dia antecedente, e que desde então não tivera ensejo de tornar a falar aos criados do príncipe.

Sosseguei-o, não só fazendo-lhe elogios mas até dando-lhe boa recompensa. E, sem mostrar a menor desconfiança de Manon, recomendei-lhe com modo mais tranquilo que vigiasse todos os passos do estrangeiro.

Mas, na verdade, o susto do criado ao ver-me tão sobressaltado com a notícia, deixava-me numa dúvida e numa incerteza cruéis. Quem sabia se este susto era a causa de ter ele suprimido parte da verdade? No entanto, depois de um momento de reflexão, o meu alarme acalmou e cheguei mesmo a ter pesar de haver dado tal mostra de fraqueza. Não podia acusar Manon pelo fato de amarem-na. Havia todas as probabilidades de que ela ignorava a conquista que tinha feito. E que vida seria a minha se desse ouvidos ao ciúme com tanta facilidade?

Voltei a Paris no dia seguinte sem ter formado outro projeto a não ser o de acelerar o aumento da minha fortuna jogando mais forte, afim de me achar em circunstâncias de abandonar Chaillot ao primeiro motivo de inquietação. À noite, quando regressei, nada me constou que pudesse sobressaltar-me. O estrangeiro tornara a aparecer no bosque de Bolonha e, usando ou abusando do que se tinha passado na véspera, aproximou-se do meu confidente e falou-lhe do seu amor, mas em termos tais que nenhum indício dava de estar em relações com Manon. Tinha-o interrogado sobre mil coisas. Enfim, tentou comprá-lo com promessas valiosas; e, tirando da algibeira uma carta que já trazia pronta, inutilmente lhe ofereceu alguns luíses de ouro para que ele a entregasse à sua ama.

Dois dias decorreram sem haver nenhum outro incidente. O terceiro foi mais tempestuoso. Soube, chegando muito tarde da cidade, que Manon, durante o passeio, se afastara um momento das suas companheiras e que o estrangeiro, que a seguia a pouca distância, tinha-se aproximado a um sinal dela, recebendo uma carta com vivas demonstrações de alegria. Ele não tivera tempo de exprimir esta alegria senão beijando amorosamente a carta, porque Manon se afastou imediatamente. Mas, durante o resto do dia ela esteve sempre contente, e, à noite, conservava-se ainda com o mesmo humor. A cada palavra do criado eu tinha uma convulsão.

— Estás bem certo — disse-lhe tristemente — de que os teus olhos não te enganaram?

Invocou o céu por testemunha da sua boa fé.

Não sei até onde teriam levado os tormentos que sofria o meu coração, se Manon, que me tinha sentido entrar, não viesse ao meu encontro, queixando-se da minha demora. Não esperou pela resposta para me encher de carícias; e quando ficamos sós, repreendeu-me pelo hábito que ia tomando de recolher-me tão tarde à casa. Como o meu silêncio lhe deixasse a liberdade de continuar, disse que havia já três semanas que eu não passava um dia inteiro com ela; que não podia sofrer tão longas ausências; que me pedia ao menos um dia com intervalos, e que todo o seguinte me queria ter ao seu lado desde a manhã até à noite.

— Estarei — respondi secamente.

Manon deu pouca atenção à minha tristeza e, na sua alegria, que na realidade me pareceu de uma singular vivacidade, me fez mil descrições engraçadas do modo como tinha passado o dia.

— Estranha criatura! — dizia eu comigo. — O que devo esperar deste prelúdio? A aventura da nossa primeira separação ocorreu-me ao espírito. Contudo julguei ver no fundo da sua alegria e da sua meiguice um acento de verdade que concordava com as aparências. Não foi difícil atribuir a tristeza, de que não pude me livrar durante a ceia, a uma perda considerável que tinha sofrido no jogo. Considerava como uma felicidade que a ideia de não sair de Chaillot no dia seguinte tivesse partido dela. Era ganhar tempo para as minhas deliberações. A minha presença afastava todos os receios e, se nada houvesse que me obrigasse a falar sobre o que tinha descoberto, tencionava mudar-me para a cidade, onde iria morar num bairro que os príncipes italianos não frequentassem. Esta resolução me fez passar a noite mais tranquilo, sem que no entanto abrandassem no meu espírito a dor e o temor de uma nova infidelidade.

Quando nos levantamos, Manon declarou que, apesar de passar eu o dia em casa, ela não queria que eu andasse em desalinho, e que ela mesma desejava pentear-me. Tinha eu então um belo cabelo. Por muitas vezes, ela já se tinha divertido com a mesma coisa; mas, naquele dia teve mais cuidado do que nunca com o meu penteado. Fui obrigado, para satisfazê-la, a sentar-me defronte do seu toucador e passar por todas as impertinências que julgou a propósito para me tornar belo. No decurso do trabalho fez-me voltar muitas vezes o rosto para ela e, apoiando as mãos sobre os meus ombros, olhava-me avidamente; depois, exprimindo a sua satisfação com um ou dois beijos, continuava o trabalho.

Esta brincadeira durou até a hora do jantar. O prazer com que a tinha praticado pareceu-me tão natural, e a sua alegria mostrava tão pouco artifício, que eu, não podendo conciliar as aparências tão constantes com o projeto de uma negra traição, estive muitas vezes tentado a confessar-lhe tudo e a desembaraçar-me de um fardo que já começava a ser pesado. Mas lisonjeava-me que a confissão partisse dela e de antemão gozava delicioso triunfo.

Reentramos no seu gabinete de *toilette*. Manon começou novamente a compor-me os cabelos, e a minha complacência fazia-me ceder a todas as suas vontades, quando vieram preveni-la de que o Príncipe de... pedia para lhe falar. Este nome irritou-me até à exaltação.

— Quem é? — exclamei, repelindo-a. — Quem? Que príncipe?

Ela não respondeu às minhas perguntas e dirigindo-se ao criado:

— Mande-o entrar, disse-lhe friamente.

Depois, voltando-se para mim:

— Meu querido amante! a ti, que eu adoro, — disse num tom de voz encantador — peço um momento de paciência. Um momento, um só. Amar-te-ei mil vezes ainda; toda a minha vida te serei reconhecida.

A indignação e a surpresa tolheram-me a língua. Manon repetia seu pedido e eu procurava expressões para negar, com desprezo. Mas, ouvindo abrir a porta da sala contígua, agarrou com uma mão os meus cabelos que flutuavam sobre as costas e, segurando com a outra um pequeno espelho, empregou toda a sua força para me levar neste estado até à porta do gabinete; e, abrindo-a com o joelho, ofereceu ao príncipe — a quem o ruído tinha feito parar no meio da sala — um espetáculo que deveria causar-lhe bastante admiração.

Vi então um homem muito bem vestido, mas de figura antipática. Apesar do embaraço em que esta cena o deixava, nem por isso deixou de fazer funda reverência. Manon não lhe deu tempo para abrir a boca. Apresentou-lhe o seu espelho.

— Vamos, senhor, — disse ela — mire-se bem e faça-me justiça. Pede-me amor. Eis aqui o homem que eu amo e jurei amar toda a minha vida. Faça o senhor mesmo a comparação. Se julga poder disputar-lhe a posse do meu coração, diga-me em que se baseia, pois declaro-lhe que aos olhos desta sua humilde serva todos os príncipes da Itália reunidos não valem nem um só dos cabelos que tenho na mão.

Durante esta disparatada arenga, que ela sem dúvida alguma tinha estudado, eu fazia esforços inúteis para me desembaraçar. E, tendo até dó da triste figura que um homem da sua qualidade estava fazendo, dispunha-me a reparar este pequeno ultraje com as minhas delicadezas. Mas o príncipe, recuperando rapidamente o sangue-frio, respondeu a Manon com certa grosseria que me fez mudar de intuitos.

— Mademoiselle, mademoiselle — disse ele com um sorriso forçado — abro, com efeito, os olhos e vejo-a muito menos inocente do que me tinha parecido.

Retirou-se depois sem a olhar e acrescentando em voz baixa que as francesas não valiam mais do que as italianas. Nada me animava, naquele momento, a fazê-lo mudar de opinião acerca do belo sexo.

Manon deixou-me, sentou-se numa cadeira e enchia o quarto com as suas gargalhadas. Não dissimularei que bastante me cativou este sacrifício que só ao amor podia atribuir; no entanto, a brincadeira pareceu-me pesada e repreendi-a. Em resposta, Manon contou que o meu rival, depois de a ter perseguido durante muitos dias no bosque de Bolonha e de ter feito adivinhar os seus sentimentos por meio de sinais, tomara o partido de lhe fazer uma declaração de amor em carta, em que mencionava o seu nome e os seus títulos e que lhe fez entregar pelo cocheiro da carruagem que conduzia a ela e às suas companheiras até o Bosque; que nessa carta ele lhe prometia, na Itália, uma brilhante fortuna e eterna adoração; que tinha voltado para Chaillot resolvida a informar-me desta aventura; mas, que tendo pensado que talvez nos pudéssemos divertir com ela, não conseguira resistir ao prazer de levar a cabo o seu plano; que tinha oferecido ao príncipe italiano, por uma resposta lisonjeira, a liberdade de a visitar e que logo formulara a ideia de me fazer tomar parte na sua tentativa sem que eu suspeitasse a menor coisa.

Não lhe disse a menor palavra do que já sabia, e a cegueira do amor triunfante fez-me concordar com tudo.

Notei que em toda a minha vida o céu escolheu sempre, para me ferir com os seus mais rudes castigos, as ocasiões em que a minha fortuna parecia mais solidamente estabelecida. Julgava-me tão feliz com a amizade de M. de T... e a ternura de Manon, que nada seria capaz de me convencer de que tinha a recear nova desgraça. E contudo, preparava-se uma tão funesta que me reduziu ao estado em que o senhor me viu em Passy e, pouco a pouco, a extremos tão deploráveis que muito lhe custará acreditar na fidelidade da minha narrativa.

Um dia em que M. de T... ceava conosco, ouvimos parar uma carruagem à porta da hospedaria. A curiosidade levou-nos ao desejo de sabermos quem seria que chegava a tais horas. Disseram-nos que era o jovem G. M..., isto é, o filho do nosso cruel inimigo, do velho devasso que nos tinha prendido a mim em São Lázaro e a Manon no Hospital. O seu nome fez-me subir o rubor às faces.

— É o céu quem o traz — disse a M. de T... — para o punir da vileza de seu pai. Já não escapa sem que meça sua espada com a minha.

M. de T..., que o conhecia e que era mesmo dos seus melhores amigos, esforçou-se por me fazer mudar de ideias a seu respeito. Asseverou que G. M... era um rapaz muito amável, e tão incapaz de ter tomado parte na ação de seu pai, que eu mesmo, logo que o conhecesse, não hesitaria em conceder-lhe a minha estima e em desejar a sua.

Depois de ter dito muitas outras coisas em favor do recém-chegado, pediu-me que lhe concedesse licença para convidá-lo a sentar-se à nossa mesa e arranjar-se conforme pudesse com o que tinha sobrado da ceia.

À objeção do perigo a que Manon ia expor-se, descobrindo o seu esconderijo ao filho do nosso inimigo, respondeu protestando novamente pela sua honra e pela sua fé que logo que ele nos conhecesse não teríamos mais zeloso defensor.

Em vista disto, cessaram as minhas hostilidades. M. de T... não o trouxe sem primeiro informá-lo quem éramos nós. Efetivamente, a sua figura não nos foi antipática. Abraçou-me. Sentamo-nos. Elogiou Manon, elogiou a mim e a tudo quanto nos pertencia, e comeu com um tal apetite que fez honra à nossa ceia.

Quando nos levantamos, a conversação tornou-se mais séria. Ele baixou os olhos para nos falar dos excessos a que seu pai tinha chegado contra nós. Pediu-nos por esse motivo milhares de desculpas.

— Abrevio estas desculpas para não renovar uma recordação que me envergonha em demasia — disse ele.

Se tais desculpas eram sinceras no começo, mais sinceras se tornaram: ainda não tinha passado meia hora depois que estávamos reunidos e já me apercebia da impressão que os encantos de Manon exerciam sobre ele. Pouco a pouco as suas maneiras e os seus olhares foram-se enternecendo. Não obstante as palavras não o terem atraiçoado, e sem que o ciúme me esclarecesse, a minha experiência em matéria de amor não deixava que passasse despercebida tal atitude.

Fez-nos companhia durante parte da noite e não nos abandonou senão depois de se ter felicitado pelo nosso conhecimento e haver-nos pedido permissão de vir mais algumas vezes renovar pessoalmente a oferta dos seus préstimos. Partiu de manhã, juntamente com M. de T...

Não sentia, como disse, nenhuma inclinação para o ciúme e acreditava mais do que nunca nos juramentos de Manon. Esta encantadora criatura era tão senhora do meu coração que não nutria para com ela um único sentimento que não fosse de estima e de amor.

Longe de a culpar por ela ter agradado ao jovem G. M..., estava encantado pelo efeito que nele tinham produzido os seus dotes naturais, e aplaudia-me por ser amado por uma mulher que toda a gente achava encantadora. Julguei mesmo conveniente não lhe contar as minhas suspeitas.

Ocupamo-nos durante alguns dias no cuidado de arranjarmos o nosso vestuário e em deliberar se poderíamos ir ao teatro sem corrermos o risco de sermos reconhecidos.

M. de T... veio visitar-nos no fim da semana e consultamo-lo a este respeito. Ele viu que era preciso dizer que sim para agradar Manon. Resolvemos, pois, ir ao teatro nessa mesma noite.

No entanto, este projeto não se realizou, pois, tendo falado comigo em particular, M. de T... disse-me:

— Estou inquieto desde a última visita que lhe fiz, e a minha vinda aqui, hoje, é motivada por isso mesmo. G. M... está apaixonado por Manon. Confessou-me. Sou amigo íntimo dele e estou disposto a servi-lo em tudo, mas não o sou menos seu. Vi que suas intenções eram indesculpáveis e condenei-as. Teria guardado este segredo se não estivesse resolvido a empregar mais do que os meios comuns; mas ele está bem informado da índole de Manon. Soube, não sei por quem, que ela gosta da abundância e dos prazeres; e, como é senhor de uma fortuna considerável, declarou-me que quer tentá-la primeiro com um valioso presente e depois com a oferta de uma pensão de dez mil francos. Se a partida fosse igual, me custaria muito atraiçoá-lo. Mas a justiça sobrepujou, em seu favor, a amizade e tanto mais que, tendo sido eu a causa imprudente da paixão de G. M... introduzindo-o aqui, sou obrigado a evitar os efeitos do mal que causei.

Agradeci a M. de T... um serviço desta importância e confessei-lhe, pagando a confiança com confiança, que o caráter de Manon era exatamente igual ao que G. M... julgava, isto é, que não podia suportar e nem mesmo ouvir falar em pobreza.

— Contudo, — disse-lhe eu — como agora não se trata senão da questão do mais ou do menos, não a julgo capaz de me abandonar por outro. Estou em condições de não lhe faltar com coisa alguma, e conto que a minha fortuna irá aumentando de dia para dia. Não tenho medo senão de uma coisa, ajuntei; é que G. M... se sirva da circunstância de saber onde moramos para nos pregar alguma peça desagradável.

M. de T... asseverou-me que nenhum receio devia ter por esse lado; que G. M... era capaz de uma loucura amorosa, mas não de uma infâmia; que se ele tivesse a covardia de cometer tal baixeza, seria ele o primeiro a puni-lo e a reparar por esse modo a desgraça a que tinha dado ensejo.

— Agradeço-lhe esses sentimentos — repliquei — mas o mal estaria feito e o remédio seria muito incerto. Assim, o partido mais prudente a tomar é o de me prevenir, abandonando Chaillot para irmos morar em outra parte.

— Sim — concordou M. de T... — mas a impossibilidade está em o fazerem com tanta pressa quanto é preciso, pois G. M... deve estar aqui ao meio-dia; disse-me ontem, e foi isso o que me obrigou a vir tão cedo informá-lo dos seus planos, pois ele pode chegar a qualquer momento.

Uma notícia de tal ordem fez-me encarar mais seriamente o negócio. Como fosse impossível evitar a visita de G. M... e, portanto, de impedir que ele se declarasse a Manon, tomei o partido de ser eu mesmo quem a prevenisse dos propósitos deste novo rival.

Imaginei que ela, vendo-me ciente das propostas que ele lhe ia fazer, e recebendo-as perto de mim, teria a força necessária para rejeitá-las. Comuniquei minha intenção a M. de T... que respondeu ser uma coisa muito delicada.

— Confesso-o — retorqui eu; mas possuo todas as razões que qualquer homem pode ter para depositar cega confiança na sua amante e posso contar com a afeição de Manon. Só o brilho das ofertas a deslumbrará e já lhe disse que ela não é interesseira. Gosta das suas comodidades, mas também gosta de mim; e, na situação pecuniária em que me encontro não devo acreditar que ela me repudie pelo filho de um homem que a mandou prender no Hospital.

Numa palavra, persisti na minha ideia e, a sós com Manon, confessei-lhe francamente tudo quanto acabava de ouvir.

Manon agradeceu o bom conceito em que a tinha e prometeu receber os oferecimentos de G. M... de tal modo que não lhe havia de ficar muito desejo de renová-los.

— Não — disse-lhe eu; é preciso não irritá-lo com alguma grosseria; isso nos pode ser muito prejudicial. Mas tu bem sabes, minha gaiata, — acrescentei rindo — de que modos deves desfazer-te de um amante desagradável ou incômodo.

Manon, depois de ter pensado um pouco, replicou:

— Veio-me à ideia um plano admirável e orgulho-me de minha imaginação. G. M... é o filho do nosso mais cruel inimigo. Precisamos vingarmo-nos do pai, não no filho, mas sim na sua bolsa. Hei de dar-lhe atenção, aceitar as suas ofertas e depois zombar dele.

— O plano é atraente — repliquei. Mas não vês, pobre criança, que foi um projeto idêntico que nos levou à prisão?

Tentei em vão mostrar-lhe os perigos da ideia; respondeu que tudo estava no modo por que tomássemos as nossas precauções.

Dai-me um amante que não vá cegamente de acordo com todos os caprichos da mulher adorada e ficarei convencido de que fiz mal em ceder tão facilmente.

Resolvemos enganar G. M..., mas por uma bizarra reviravolta do acaso fui por ele enganado.

Eram cerca de onze horas quando a sua carruagem chegou. Pediu-nos muitas desculpas, todas estudadas, pela liberdade que tomava de vir jantar conosco. Não se admirou de encontrar M. de T... que na véspera lhe tinha prometido vir também, mas que pretextara alguns negócios para que ele o dispensasse de o acompanhar na mesma carruagem.

Ainda que de nós todos um só não tivesse a ideia da traição na mente, sentamo-nos à mesa com ar da maior confiança e amizade. G. M... achou facilmente ocasião para declarar os seus sentimentos a Manon, pois que eu propositadamente me ausentei da sala de jantar por alguns momentos.

Vi, quando voltei, que não o tinham tratado com rigor. Estava muito satisfeito. Fingi estar igualmente alegre. G. M... ria-se interiormente da minha cegueira e eu da sua. Toda a tarde representamos um para o outro uma cena muito agradável. Antes da sua partida ainda lhe proporcionei um momento de conversa a sós com Manon, de sorte que só teve de felicitar-se tanto pela minha complacência como pelo jantar que lhe dera.

Logo que G. M... entrou na carruagem com M. de T..., Manon correu para mim de braços abertos e, beijando-me muito, vi-a a ponto de estalar de riso. Repetiu as suas palavras e propostas, sem lhes mudar uma sílaba. Reduziam-se ao seguinte: ele adorava-a, queria partilhar com ela uns quarenta mil francos de rendimento que já usufruía, sem contar com o que esperava por morte do pai. Ela ia ser senhora absoluta do seu coração e da sua fortuna; e, como penhor das suas promessas, comprometia-se a dar-lhe, desde já, carruagem, um palácio mobiliado, uma criada particular, três lacaios e um cozinheiro.

— Ora, eis aí um filho — disse eu a Manon — muito mais generoso do que o pai. Mas, falemos seriamente e de boa fé: — não te tenta este oferecimento?

— A mim? respondeu ela, juntando à sua resposta estes versos de Racine:

"Moi! Vous me soupçonnez de cette perfidie?
Moi! je pourrais souffrir un visage odieux
Qui rapelle toujours l'Hôpital a mes yeux?"[1]

— "Non! — repliquei eu, continuando a paródia:

"J'aurais peine a penser que l'Hôpital, madame,
Fût un trait dont l'amour l'eût gravé dans votre

[âme". [2]

Mas, é uma fortuna sedutora, um palácio mobiliado com carruagem e três criados; o amor poucas vezes proporciona dessas felicidades.

Manon protestou que o seu coração era meu por toda a vida e que não receberia outras flechas além das que lhe atirasse.

Perguntei se estava resolvida a aceitar o palácio e a carruagem. Respondeu que só queria dinheiro.

A dificuldade estava em poder obter uma coisa sem a outra. Resolvemos, pois, esperar a explicação completa do projeto de G. M... numa carta que ele havia prometido escrever a Manon. Ela recebeu-a, com efeito, no dia seguinte, da mão de um lacaio sem libré que, com toda a astúcia, lhe entregou sem que ninguém visse. Manon disse-lhe que esperasse pela resposta e veio trazer-me a carta. Abrimo-la juntos.

1. Eu! Suspeita que eu seja capaz desta perfídia?
Poderia eu suportar um semblante odioso
Que lembra sempre o Hospital aos meus olhos?
2. Não posso admitir que o Hospital, madame,
Seja uma marca que o amor tenha gravado em sua alma.

Além das banalidades costumeiras em cartas deste gênero, continha ela os detalhes das promessas do meu rival. Não se poupava de despesas. Comprometia-se a entregar-lhe dez mil francos ao tomar ela posse do palácio e a custear por tal forma as diminuições que esta quantia sofresse, que ela pudesse sempre encontrá-la intacta na sua bolsa. O momento da ligação não era muito distante. Pedia-lhe dois dias para os preparativos, e dizia-lhe o nome da rua e a casa onde esperava encontrá-la, na tarde do seu segundo dia, se ela pudesse escapulir-se da minha companhia. Era este o único ponto em que ele queria ser esclarecido. Mostrava estar certíssimo de tudo o mais, mas afirmara que se Manon tinha dificuldade na fuga, ele acharia meios de facilitá-la.

G. M... era mais inteligente do que seu pai, queria segurar a presa antes de gastar suas moedas. Discutimos o procedimento que Manon teria a seguir. Fiz ainda esforços para lhe tirar da cabeça tal projeto, mostrando-lhe todos os perigos. Nada foi capaz de dissuadi-la da sua resolução.

Escreveu uma curta resposta a G. M... para lhe dizer que não tinha dificuldade alguma estar em Paris no dia marcado e que ele podia esperá-la na certeza de que a veria.

Combinamos em seguida que eu iria imediatamente alugar casa num lugar fora de Paris, diametralmente oposto ao que ocupávamos, e que para lá faríamos transportar toda a nossa pequena mobília; que, na tarde seguinte, dia marcado, ela se dirigiria a Paris; que, depois de ter recebido os presentes de G. M..., pedir-lhe-ia insistentemente que a conduzisse ao teatro, guardando consigo tudo quanto pudesse levar do dinheiro dado, encarregando do resto o meu criado, que ela quis ter em sua companhia. Era ainda o mesmo que a havia ajudado a fugir do Hospital, e que nos era infinitamente afeiçoado. Eu devia achar-me, com uma carruagem, à entrada da rua de Santo André dos Arcos e deixá-la ficar aí, lá pelas sete horas, para avançar a pé e na obscuridade até à porta do teatro. Manon prometeu inventar um pretexto para sair um instante do camarote, vindo imediatamente ao meu encontro. A execução do resto seria fácil. Num momento estaríamos dentro da carruagem e sairíamos de Paris pelo arrabalde de Santo Antônio, a caminho da nossa nova habitação.

Este plano, não obstante ser tão extravagante, pareceu-nos muito bem combinado. Mas, afinal, sempre era uma louca imprudência pensar que, ainda mesmo que ele tivesse o melhor êxito, poderíamos escapar às suas consequências.

No entanto expusemo-nos com a mais temerária confiança. Manon partiu com Marcelo — era assim que se chamava o nosso criado. Ao vê-la partir doeu-me o coração. Abraçando-a, disse-lhe:

— Manon, não me enganas? Serás sempre fiel?

Ela queixou-se ternamente da minha desconfiança e renovou todos os seus juramentos.

A sua intenção era chegar a Paris pelas três horas. Parti depois dela. Fui matar o tempo, durante a tarde, no café de Feré, na ponte de São Miguel. Ali me demorei até à noite. Saí então para alugar um fiacre, que coloquei, segundo o combinado, à entrada da rua de Santo André dos Arcos. Em seguida, dirigi-me a pé para a porta do teatro. Admirei de não encontrar Marcelo, que me devia esperar ali. Durante uma hora estive, cheio de impaciência, confundido com uma multidão de lacaios, observando quantas pessoas entravam e saíam.

Enfim, pelas sete horas, como não tivesse visto coisa alguma que se relacionasse com o plano combinado, comprei um bilhete de plateia para ver se, nalgum camarote, descobria Manon e G. M... Nem um nem outro lá estavam. Voltei novamente para a porta do teatro, onde passei ainda um quarto de hora cheio de impaciência e de inquietação. Não tendo visto aparecer ninguém, dirigi-me para a carruagem sem saber o que pensar ou o que devera fazer. O cocheiro, avistando-me, adiantou-se para dizer, com ar misterioso, que uma linda jovem me esperava dentro do fiacre, havia mais de uma hora; que perguntara por mim, dando sinais certos, e que, tendo sabido que eu voltaria, disse que me esperava.

Imaginei logo que era Manon. Aproximei-me; mas, vi uma linda carinha, que não era, porém, a dela; era uma desconhecida que me perguntou primeiro se não tinha a honra de falar ao cavalheiro des Grieux. Afirmei-lhe que era esse o meu nome.

— Tenho uma carta para lhe entregar — continuou ela — que o há de instruir do motivo que aqui me traz, e por que razão sei como o senhor se chama.

Pedi-lhe que me desse o tempo necessário para a ler numa hospedaria que ficava próxima. A jovem quis seguir-me e aconselhou-me a que pedisse um aposento separado.

— De quem é esta carta?

— Leia e depois verá.

Reconheci a letra de Manon. A carta dizia pouco mais ou menos o seguinte: — "Que G. M... a tinha recebido com uma amabilidade e magnificência que ultrapassavam tudo quanto ela poderia ter imaginado. Havia-lhe feito uma infinidade de presentes e deixava-lhe entrever um futuro de rainha. Manon afirmava-me, no entanto, que no meio do seu novo esplendor não me esquecia; mas, que não tendo podido naquela noite resolver G. M... a levá-la ao teatro, adiava para outro dia o prazer de me ver; e para me consolar um pouco do desgosto que esta notícia me ia causar, tinha achado meio de me enviar uma das melhores mulheres de Paris, que seria a portadora do seu bilhete". *Assinado* — "Tua fiel amante, Manon Lescaut".

Esta carta tinha para mim um não sei quê de tão cruel e insultante, que estive suspenso entre a cólera e a dor, e decidi tentar um esforço para esquecer eternamente a minha ingrata e perjura amante.

Lancei os olhos para a criatura que tinha diante de mim. — Era extremamente linda, e desejaria que ela ainda o fosse mais, para que eu pudesse por minha vez tornar-me perjuro e infiel; mas, — não achei esse olhar celeste e lânguido, esse porte divino, essa cor composta pelo próprio Amor, enfim, essa fonte inesgotável de encantos, com que a natureza tinha sido tão pródiga com Manon.

— Não, não — disse-lhe, deixando de olhar para ela —; a ingrata que a mandou aqui, bem sabia que lhe fazia perder a viagem. Volte para ela e diga-lhe da minha parte que goze o seu crime, e que o goze, se é possível, sem remorsos. Abandono-a sem recriminações e renuncio, ao mesmo tempo, a todas as mulheres que não poderiam ser tão dignas de me incutirem uma paixão, mas que sem dúvida alguma devem ser tão vis como ela.

Estive resolvido a retirar-me sem me importar mais com Manon. E como o ciúme mortal que me dilacerava se convertesse pouco a pouco numa desesperadora e sombria tranquilidade, julguei-me tanto mais próximo da cura, quanto não me sentia dominado por nenhum desses acessos violentos de outras ocasiões idênticas. Mas, como me enganava! Era atraiçoado pelo amor, tanto quanto o julgava ser por G.. M... e Manon.

A jovem que tinha trazido a carta, vendo-me disposto a partir, perguntou que resposta queria que desse a G. M... e à dama que estava com ele. Tornei a entrar no aposento ao ouvir esta pergunta e, por uma mudança ignorada pelos que nunca sentiram paixões violentas, achei-me repentinamente transportado da tranquilidade em que julgava estar a um terrível acesso de furor.

— Vai — disse-lhe — levar ao traidor G. M... e à sua pérfida amante, a notícia do desespero em que a sua maldita carta me lançou. Mas, faz-lhes saber que não hão de rir muito tempo, porque os apunhalarei a ambos.

Deixei-me cair sobre uma cadeira. O meu chapéu tombou para um lado e a bengala para outro. Uma torrente de lágrimas corria-me dos olhos. O acesso de raiva que acabava de sentir transformou-se numa dor profunda. Nada fiz senão chorar, suspirando e gemendo.

— Aproxima-te, minha filha, aproxima-te, — exclamei — visto que te enviam para me consolares. Dize-me se conheces alguma coisa para combater a fúria, o desespero e o desejo do suicídio, depois de ter arrancado o coração a dois entes que não merecem a vida. Sim, aproxima-te, continuava eu, vendo que ela dava alguns passos tímidos e incertos na minha direção; vem enxugar as minhas lágrimas; vem restituir-me o sossego ao coração, vem dizer que me amas, a fim de que me habitue a ver a meu lado outra que não seja a minha infiel amante. Tu és bonita; talvez te possa amar por minha vez.

Esta pobre menina, que não contaria mais de dezesseis ou dezessete anos e que parecia ter mais pudor do que as da sua triste condição, estava extraordinariamente surpreendida com a estranha cena. No entanto, aproximou-se, para me acariciar; mas repeli-a imediatamente:

— Que queres tu de mim? — perguntei. Ah! tu és mulher... és do sexo que abomino, que detesto, que já não posso suportar. A inocência e a candura do teu rosto pressagiam-me alguma traição. Vai-te e deixa-me aqui só.

A rapariga fez uma reverência, sem nada me dizer, e voltou-se para sair. Gritei-lhe que esperasse.

— Mas, dize ao menos por que, como e com que fim te mandaram aqui! Como soubeste o meu nome e o lugar onde me poderias encontrar?

Declarou que conhecia muito de perto G. M..., que ele a mandara buscar às cinco horas e que, em companhia do lacaio que lhe tinha levado o recado, entrara num grande palácio onde o encontrou a jogar cartas com uma senhora muito linda e galante; que ambos a encarregaram de entregar a carta que me havia dado, depois de a terem informado que me encontraria dentro de uma carruagem, ao fim da rua de Santo André. Perguntei-lhe se não lhe tinham dito mais nada. Respondeu, corando, que ambos lhe haviam afirmado que talvez eu insistisse para que ela ficasse me fazendo companhia...

— Enganaram-te, — disse-lhe eu — enganaram-te, minha jovem. És uma mulher, precisas de um homem, mas de um homem que seja rico e feliz, e não é em mim que tu o encontras. Volta, volta outra vez para G. M..., que possui tudo quanto é preciso para ser amado por todas: tem palácios mobiliados e carruagens para dar. Quanto a mim, que não tenho senão amor e constância para oferecer, as mulheres desprezam a minha miséria e zombam da minha ingenuidade.

Acrescentei mil coisas mais, tristes ou violentas, conforme as paixões que alternativamente me agitavam. Contudo, à força de me atormentar, os meus arrebatamentos diminuíram bastante para dar lugar a algumas reflexões. Comparei esta última desgraça com as que tinha sofrido, do mesmo gênero e não achei motivo para me desesperar mais do que das primeiras. Conhecia Manon. Para que havia de afligir tanto por causa de uma desgraça que deveria ter previsto? Por que não cuidaria antes de dar-lhe remédio? Ainda era tempo. Devia ao menos não poupar nenhum esforço, se não quisesse depois arrepender-me de haver contribuído, com a minha negligência, para a causa de todas as minhas penas. Comecei, portanto, a refletir nos meios que podiam abrir-me um caminho para esperança.

Tentar arrancá-la pela violência das mãos de G. M... Era uma solução arriscada que não serviria senão para me perder e que não tinha a menor aparência de bom êxito. Mas, pareceu-me que, se pudesse conseguir uma curta explicação com Manon, teria ganho a partida. Conhecia tão bem todos os fracos do seu coração! Estava tão certo de ser amado por ela! A extravagância de ter enviado uma criatura bonita para me consolar devia ter partido dela e era um efeito da sua compaixão pelas minhas penas.

Resolvi empregar toda habilidade e astúcia para vê-la. Entre a infinidade de meios que examinei, uns após outros, detive-me no seguinte: M. de T... tinha começado a obsequiar-me com demasiada afeição para me deixar a menor dúvida sobre a sua sinceridade e o seu zelo. Propus-me ir à sua casa imediatamente e pedir-lhe que mandasse chamar G. M... sob pretexto de um negócio importante. Bastava-me meia hora para falar a Manon. O meu fim era introduzir-me no seu próprio quarto, e julgava que isso seria fácil na ausência de G. M...

Esta resolução tranquilizou-me mais. Paguei a jovem generosamente e, para lhe tirar toda a vontade de voltar para junto dos que tinham me enviado, perguntei-lhe onde morava e dei-lhe a entender que talvez fosse passar essa noite com ela.

Tornei a entrar para a carruagem e mandei tocar a toda a brida para a casa de M. de T... Muito feliz fui em encontrá-lo, o que pelo caminho me causou algumas inquietações. Poucas palavras bastaram para pô-lo ao fato dos meus pesares e do serviço que lhe vinha pedir.

Ficou tão admirado de saber que G. M... tinha conseguido seduzir Manon, que, ignorando a parte que eu mesmo tivera na minha desgraça, ofereceu-se generosamente para reunir todos os seus amigos e, com a ajuda das suas espadas, irmos libertar a minha amante.

Notei-lhe que todo esse aparato podia ser pernicioso a Manon e a mim.

— Reservemos o nosso sangue para a última necessidade; por agora — disse eu — penso num meio muito mais brando e que no entanto não promete menor sucesso.

Comprometeu-se a fazer tudo quanto eu quisesse, fosse o que fosse, e tendo-lhe dito que não se tratava senão de mandar chamar G. M... e entretê-lo por uma ou duas horas, saiu logo comigo para satisfazer o meu pedido.

— Principiamos por analisar a desculpa que arranjaríamos para retê-lo tanto tempo longe de Manon. Aconselhei-o a que lhe escrevesse primeiro um simples bilhete, datado de qualquer estalagem, pedindo-lhe que fosse imediatamente falar-lhe para um negócio que não podia sofrer demora.

— Estarei de atalaia para, quando ele sair, entrar sem custo em sua casa, visto que ninguém lá me conhece a não ser Manon e Marcelo, que é meu criado. Quanto ao meu amigo, que permanecerá durante esse tempo com G. M... poderá dizer que o negócio tão urgente, que o obrigara a mandá-lo chamar era uma falta de dinheiro; que acabava de perder tudo quanto tinha no jogo e que continuara a jogar sob palavra, mas com a mesma infelicidade. Será preciso algum tempo para ele ir à sua casa buscar o dinheiro e esse tempo é suficiente para executar o meu plano.

M. de T... cumpriu esta combinação. Deixei-o numa estalagem, onde ele escreveu prontamente a carta. Fui postar-me a algum passos de distância da casa de Manon. Vi chegar o moço com o bilhete e G. M... sair pouco depois a pé, seguido de um lacaio. Tendo-lhe dado tempo para que se afastasse da rua, avancei para a porta da casa da infiel e apesar de toda a minha cólera, bati com o respeito que se sente diante de um templo. Felizmente, foi Marcelo quem veio abrir a porta. Fiz-lhe sinal para que se calasse. Ainda que nada tivesse a temer dos outros criados, perguntei-lhe em voz baixa se podia me conduzir ao quarto onde estava Manon, mas sem que ninguém visse. Disse que isso era muito fácil, se eu subisse pela escada principal.

— Então vamos já a isso e trata de impedir que suba alguém enquanto estiver lá.

Penetrei sem obstáculo no aposento. Manon estava lendo. Foi aqui que tive ocasião de admirar o caráter desta estranha criatura! Longe de se mostrar assustada e tímida ao ver-me, apenas denunciou esse leve sinal de surpresa que ninguém é capaz de esconder quando vê junto de si uma pessoa que julga afastada.

— Ah! és tu, meu amor? — exclamou ela, vindo beijar-me com a sua ternura costumada. Meu Deus, que audacioso que tu és! Quem havia de te esperar hoje neste lugar!

Soltei-me dos seus braços e, longe de corresponder às suas carícias, repeli-a desdenhosamente e recuei dois ou três passos para me distanciar dela. Este movimento desconcertou o seu sangue-frio. Ficou pregada no mesmo lugar e fitou-me, mudando de cor.

Mas, no fundo, estava tão satisfeito de tornar a vê-la, que apesar de tantos motivos de cólera que tinha contra ela, custava-me imenso abrir a boca para repreendê-la e censurá-la. E no entanto a ferida que ela me rasgara no coração sangrava imenso. Lembrava do ultraje que

Manon acabava de me fazer, e procurava que nos meus olhos brilhasse um fogo que não fosse o do amor.

Como ficasse algum tempo silencioso e ela notasse a minha agitação, vi-a tremer aparentemente por efeito do susto que lhe inspirava.

Não pude prolongar este espetáculo.

— Ah! Manon infiel, perjura Manon! — disse-lhe com voz terna. — Como queres que comece a queixar-me? Vejo-te pálida e trêmula e ainda sou tão sensível às tuas menores aflições que receio agora aumentá-las com a aspereza das minhas palavras. Mas, tenho o coração dilacerado com a dor da tua traição. Golpes desta violência não se vibram num amante, senão depois de se ter resolvido matá-lo. Esta é já a terceira vez, Manon. Contei-as bem. É impossível que eu esqueça isto. Agora compete a ti, neste momento, dizer-me qual é o partido que tens intenção de seguir, pois o meu triste coração não está de modo algum afeito a tão duro e cruel tratamento. Sinto que ele vai sucumbir e que está prestes a estalar de dor. Não posso mais! — concluí, sentando-me numa cadeira. — Mal consigo falar e ficar de pé.

Manon não respondeu; mas, quando me viu sentado, deixou-se cair e encostou a cabeça aos meus joelhos, cobrindo o rosto com as minhas mãos. Senti lágrimas abundantes correrem dos seus olhos. Meu Deus, que estranhos sentimentos me agitavam!

— Ah! Manon, Manon — recomecei — são bem tardias as lágrimas depois do assassínio. Finges uma tristeza que não sentes. O maior de todos os teus males é sem dúvida alguma a minha presença, que foi sempre importuna aos teus prazeres. Abre os olhos, olha para mim; não se chora dessa forma por um desgraçado a quem se traiu e abandonou cruelmente.

Ela beijava-me as mãos sem se mover.

— Inconstante Manon, mulher ingrata e sem fé, onde param as tuas promessas e os teus juramentos? Amante mil vezes volúvel e cruel, que fizeste desse amor que tu ainda hoje me juravas? — Justo céu! — exclamei — é assim que uma infiel se ri de vós depois de vos ter invocado tão santamente? É pois o perjúrio que é recompensado? O desespero e o abandono são a paga da constância e da fidelidade?!

Estas palavras foram acompanhadas de uma reflexão tão amarga que, a meu pesar, me fez verter algumas lágrimas. Manon percebeu essas lágrimas pela mudança da minha voz e rompeu por fim o silêncio:

— Sinto que sou bem culpada, disse ela tristemente, visto que tanto mal te fiz; mas quero que o céu me castigue se alguma vez tive ideia de o ser, agora ou mesmo de futuro.

Esta resposta pareceu-me tão pouco sincera e desprovida de senso, que me foi impossível dominar um vivo movimento de cólera.

— Que horrível dissimulação! — exclamei. Vejo agora, melhor do que nunca, que tu não és mais do que uma infame e uma pérfida. Só agora conheço o teu miserável caráter. Adeus, vil criatura — continuei, levantando-me; antes queria sofrer mil mortes neste momento, do que ter contigo a menor convivência. O céu me castigue se de hoje em diante olhar para ti! Fica com o teu novo amante, ama-o, detesta-me; renuncia à honra, ao bom senso, ao pudor; rio-me disso; para mim tudo é o mesmo.

Manon ficou de tal modo perturbada ao ouvir tais palavras que, permanecendo de joelhos junto da cadeira de onde me tinha levantado, fitava-me tremendo e quase sem respirar. Dei ainda alguns passos para a porta, com os olhos fitos nela, mas seria mister que tivesse perdido todos os sentimentos de humanidade para me mostrar inexorável contra tantos encantos.

Estava tão longe de possuir esta força bárbara que, passando de um extremo a outro, voltei para junto dela sem refletir. Apertei-a nos braços; dei-lhe mil beijos; pedi-lhe perdão da minha exaltação, confessei-lhe a minha brutalidade e disse-lhe que não era digno de ser amado por uma criatura como ela.

Fiz com que ela se sentasse e pondo-me de joelhos diante dela, pedi-lhe que me ouvisse nesta posição. Depois, tudo quanto um amante submisso e apaixonado pode imaginar de respeitoso e terno, condensei em poucas palavras, com as minhas desculpas. Pedi-lhe que dissesse que me perdoava. Manon deixou cair os braços sobre os meus ombros, afirmando que era ela quem precisava da minha bondade, para me fazer esquecer todos os pesares que causava, e que começava a ter receio de que eu não acreditasse no que tinha a dizer para se justificar.

— Eu! — interrompi imediatamente. — Não te peço justificação. Aprovo já tudo quanto tens feito. Não serei eu quem te exija explicações do teu comportamento. Muito contente, muito feliz me hei de julgar se a minha cara Manon ainda conservar por mim toda a ternura do seu coração. Mas; dize-me — continuei sem refletir na minha sorte — dize-me, onipotente Manon, tu que és a causa das minhas alegrias e dos meus sofrimentos: depois de eu ter me humilhado e arrependido, não me será permitido falar das minhas penas e das minhas dores? Saberei da tua boca o que o destino hoje me reserva e se é sem apelação que vais lavrar a minha sentença de morte passando a noite com o meu rival?

Antes de responder, meditou nas suas palavras. — Meu cavalheiro — disse ela recuperando a serenidade — se em lugar da fúria a que a princípio te entregaste, tivesses logo dito qual o motivo que aqui te trazia, decerto não terias sofrido tanto e terias me poupado uma cena bem aflitiva. Como o teu pesar é ocasionado pelo ciúme tê-lo-ia morto imediatamente, oferecendo-me hoje para seguir-te até o fim do mundo. Mas imaginei que a causa do teu despeito eram a carta que te havia escrito à vista de G. M... e a jovem que dela tinha sido portadora. Pensei que pudesses ter tomado essa carta como um insulto e essa jovem imaginando que ia de minha parte — como uma declaração de que eu renunciava completamente ao teu amor para me ligar a G. M... Este pensamento foi o que me consternou; pois, por mais inocente que estivesse, ao meditar no fato, via que todas as aparências me condenavam. Contudo, quero que sejas meu juiz depois de te haver explicado o que há de verdade em tudo quanto hoje tenho feito depois que te deixei.

Contou então tudo quanto lhe sucedera, desde que se havia encontrado com G. M... que a esperava no lugar onde agora estávamos e que, efetivamente, a tinha recebido como a primeira princesa do mundo. Havia-lhe mostrado todos os quartos, que eram de um gosto e de uma magnificência admiráveis. Entregara-lhe dez mil francos no seu aposento, juntanto mais a esta oferta alguns objetos de valor, entre os quais se contavam o colar e os braceletes de pérolas que ela já tinha recebido de seu pai. Depois, tinha-a conduzido para uma sala que ele a princípio não lhe mostrara e onde lhe fez servir um delicioso e delicado jantar. Mandara-o servir pelos novos criados que contratara para ela, ordenando-lhes que dali para o futuro a olhassem como sua ama; enfim, mostrara-lhe a carruagem, a parelha e o resto dos presentes; depois propusera-lhe jogarem cartas até à hora da ceia.

— Confesso-te — continuou Manon — que esta magnificência chocou-me bastante. Refleti que seria pena privarmo-nos de repente de tanta coisa, levando apenas os dez mil francos e as joias; que aquilo era uma fortuna para nós ambos e que poderíamos viver agradavelmente à custa de G. M...

Em vez de lhe pedir que me levasse ao teatro, entendi de sondá-lo a teu respeito, para saber se teríamos ou não facilidade em nos vermos quando quiséssemos, supondo a execução do plano que imaginava. Achei-o complacente. Perguntou-me o que pensava a teu respeito e se eu havia te deixado sem tristeza. Disse-lhe que eras tão amável, que tinhas sido sempre tão delicado para comigo, que não era natural poder um dia odiar-te. Confessou-me que tu eras muito simpático e que tinha desejado muito conseguir a tua amizade. Quis saber de que modo eu pensava que tu encararias a minha fuga, sobretudo quando soubesses que estava na sua companhia. Respondi-lhe que a nossa ligação já era antiga e tivera tempo de arrefecer um pouco; que, além disso, tu não andavas muito abonado e que talvez não olhasses a minha perda como uma grande infelicidade, porque ela te livraria de um encargo que te pesava em demasia. Acrescentei que, estando muito convencida de que tu procederias pacificamente, não tivera a menor dificuldade em te dizer que vinha a Paris para tratar de uns negócios; que havias consentido e que, tendo-me acompanhado, não me pareceste muito inquieto quando te deixei.

— Se eu acreditasse — disse G. M... — que o seu temperamento lhe permitiria a viver na minha companhia, seria o primeiro a oferecer-lhe os meus serviços e bons ofícios.

Assegurei-lhe que com o caráter e os sentimentos que te conhecia, não duvidava de que tu correspondesses cavalheirosamente às suas ofertas, sobretudo se ele pudesse servir-te de amparo nas tuas finanças, que estavam muito embaraçadas, depois que rompeste com a tua família. Interrompeu-me para protestar que te serviria em tudo quanto dependesse dele, e que se tu quisesses arranjar uma nova amante, mandaria procurar-te uma linda mulher que abandonara por minha causa. Aplaudi muito esta ideia — exclamou Manon — para melhor dissipar todas as suas suspeitas; e, cada vez mais firme no meu projeto, não pensava senão no meio de te informar dele, receosa como estava de que te assustasses por não me veres aparecer no lugar combinado.

Foi por causa disto que lhe propus que te enviasse, esta noite mesmo, essa nova amante, com o fim de arranjar ocasião de te escrever;

não tinha remédio senão recorrer a este meio, pois não podia esperar que ele me deixasse, por outra forma, um único momento livre.

G. M... riu-se da minha proposta. Chamou um lacaio e mandou-o procurar por toda a parte a sua antiga amante. A princípio imaginou que era a Chaillot que ele devia mandá-la encontrar-te; mas eu lhe disse que, quando te deixei, tinha ficado de me encontrar contigo no teatro ou, se alguma razão me impedisse, tu me esperarias dentro de uma carruagem ao fim da rua de Santo André; que era melhor, portanto, mandar ali a mulher, ainda que mais não fosse, senão para não te deixar ficar uma noite inteira à minha espera. Disse-lhe também que achava bom escrever-te duas palavras, para te advertir da troca que decerto não compreenderias. Consentiu nisto, mas fui obrigada a fazer a minha carta na sua presença, não podendo, por isso, explicar-me abertamente.

— Ora, aqui tens — concluiu Manon — como as coisas se passaram. Nada te oculto; nem a minha conduta, nem as minhas intenções. Achei bonita a jovem e como não tinha a menor dúvida de que a minha ausência te penalizava, era sincera quando te escrevia desejando que ela fosse capaz de te distrair alguns momentos, porque a fidelidade que eu quero de ti é a do coração. Bem desejaria mandar-te o recado por Marcelo, mas não tive nem um só instante meu para lhe ensinar o que ele deveria te dizer.

Manon terminou a sua narrativa revelando a perplexidade de G. M... ao receber o bilhete de M. de T... Hesitou em deixá-la; mas depois saiu, afirmando que não se demoraria mais que um instante.

— É isso o que provoca a minha inquietação por te ver aqui e foi isso o que deu lugar à minha surpresa quando te vi chegar.

Ouvi com a maior paciência tudo quanto Manon disse. A sua confissão mortificava-me, porque a intenção em que estava de me ser infiel era tão manifesta, que ela nem mesmo se dera ao trabalho de ocultar.

Manon bem devia supor que G. M ... não a deixaria passar a noite como se ela fosse uma vestal. Era pois com ele que Manon contava dormir. Que revelação para um amante! Contudo, reconheci que eu era em parte a causa principal da sua traição, por tê-la informado tão claramente da paixão de G. M... e pela minha complacência em entrar tão cegamente no plano temerário da sua aventura. Além disso, o maldito gênio que tenho, levava-me a aceitar de bom grado a ingenuidade da narrativa, não obstante o modo franco com que ela contava até os detalhes que mais ofendiam o meu amor-próprio.

— No seu pecado não há malícia; é leviana e imprudente, mas sincera e leal — dizia comigo mesmo.

Ajunte-se a isto, o amor a vendar-me completamente os olhos, e a esperança de que ainda naquela mesma noite a roubaria ao meu rival e diga-me se tinha ou não motivo para lhe perdoar todas as suas faltas.

— E com quem passavas a noite? — interroguei tristemente.

Esta pergunta embaraçou-a. Apenas me respondeu com *mas* e com *se* interrompidos constantemente.

Tive dó dela e terminei dizendo-lhe que esperava que me seguisse naquele mesmo momento.

— Isso quero eu; mas, então, não aprovas o meu projeto?

— Que? Pois não basta a minha aprovação tácita a tudo quanto tens feito até agora?

— Nem ao menos levamos os dez mil francos? — replicou Manon. — São meus; ele mos deu.

Aconselhei que não trouxesse coisa alguma e que não cuidasse senão da fuga, pois ainda que eu estivesse com ela havia apenas meia hora, receava muito que G. M... voltasse de um instante para o outro. No entanto, Manon com tanta insistência me pediu para que consentisse em que ela não abandonasse a casa do rival de mãos abanando, que entendi dever conceder-lhe alguma coisa, visto que tanto já tinha obtido dela.

Preparávamo-nos para a partida quando sentimos bater à porta.

Não tinha a menor dúvida de que fosse G. M... e, na perturbação em que esta ideia me lançou, disse a Manon que se ele aparecesse era um homem morto. E com efeito, ainda não estava suficientemente sereno para moderar a minha exaltação diante dele. Marcelo, porém, tranquilizou-me trazendo um bilhete de M. de T... que lhe tinha sido entregue à porta.

Nesse bilhete dizia-me ele que, tendo G. M... ido buscar dinheiro em casa, aproveitava-se da sua ausência para me comunicar uma ideia muito divertida: parecia-lhe que eu não tinha melhor meio de me vingar do meu rival do que comer-lhe a ceia e passar aquela noite no mesmo leito em que ele esperava dormir com a minha amante; julgava isto muito fácil se eu tivesse três ou quatro homens que o agarrassem no meio da rua e o conservassem preso até o dia seguinte; de sua parte, prometia reter ainda mais uma hora G. M... logo que ele voltasse.

Mostrei este bilhete a Manon e contei-lhe de que meio me tinha servido para me introduzir livremente em sua casa. A minha astúcia e a lembrança de M. de T... pareceram-lhe admiráveis. Rimo-nos ambos à nossa vontade durante alguns momentos; mas, quando lhe falei na última vingança como de uma brincadeira, fiquei surpreendido ao ver que Manon insistia pela execução como se isso lhe desse o maior prazer.

Debalde perguntei onde queria que eu, de uma hora para outra, arranjasse gente para prender G. M... e conservá-lo detido uma noite. Disse-me que era preciso pelo menos tentar encontrar essa gente, uma vez que M. de T... nos garantia ainda uma hora de liberdade; e por única resposta às minhas objeções, asseverou que eu representava sempre para com ela o papel de tirano, não tendo nunca a menor complacência para com os seus desejos. Nada achava tão belo como este projeto.

— Terás o lugar dele à mesa, — repetia-me Manon; dormirás nos seus lençóis e amanhã até o seu dinheiro. Ficaremos bem vingados do pai e do filho.

Não obstante o que me pressagiava o coração, cedi à sua insistência. Saí resolvido a procurar dois ou três soldados que Lescaut me fizera conhecer, afim de se encarregarem da tarefa de deterem G. M... durante essa noite. Não achei em casa senão um, mas esse era tão resoluto que apenas lhe disse do que se tratava, assegurou-me logo o melhor êxito; pediu apenas dez dobrões para recompensar três soldados que ia empregar na execução da empresa. Disse-lhe que não perdesse tempo e, em menos de um quarto de hora, tinha reunido os companheiros. Esperava-o em sua casa e, quando o vi de volta com os companheiros, conduzi-os até à esquina da rua por onde necessariamente G. M... devia passar para ir ter com Manon.

Recomendei-lhes que não o maltratassem e que apenas o tivessem preso até às sete horas da manhã. O soldado da guarda deu-me a sua palavra de que conduziria G. M... para o seu quarto, obrigá-lo-ia a despir-se e a deitar-se na sua cama, ao passo que ele e os três companheiros passariam a noite a beber e a jogar.

Demorei-me com eles até o momento em que vi aparecer G. M..., retirando-me então para a penumbra de um portal afim de, sem ser visto, poder presenciar esta cena extraordinária.

O soldado avançou para ele de pistola em punho e explicou-lhe muito cortesmente que não atentava nem contra a sua vida nem contra a sua bolsa, mas que se ele opusesse a menor resistência em acompanhá-lo ou se desse o mais leve grito, fazia-lhe saltar os miolos. G. M..., vendo-se seguro por três soldados e temendo sem dúvida alguma o cano da pistola, não resistiu. Levaram-no como se fosse um cordeiro.

Voltei imediatamente para junto de Manon e, para tirar todas as suspeitas aos criados, disse-lhes ao entrar que não esperassem o senhor G. M... para a ceia; que, sendo-lhe necessário demorar-se em casa por causa de negócios urgentes, tinha me encarregado de vir desculpá-lo e de cear com Manon, o que tomava como um grande favor ao lado de tão bela dama.

Manon secundou perfeitamente o meu ardil. Sentamo-nos à mesa e durante a ceia observamos a maior correção enquanto os lacaios nos estiveram servindo. Por fim, depois que lhes demos ordem de se retirarem, passamos uma das noites mais agradáveis da nossa vida. Ordenei em segredo a Marcelo que fosse alugar um fiacre e que o mandasse estar à porta de casa no dia seguinte às seis horas da manhã. Cerca de meia-noite fingi despedir-me de Manon, mas, tendo entrado novamente, muito de mansinho, ajudado por Marcelo, preparei-me para ocupar o leito de G. M..., do mesmo modo que tinha tomado o seu lugar à mesa.

Durante este tempo a nossa má estrela trabalhava para nos perder. Desfrutávamos a embriaguez do prazer e a espada estava suspensa sobre as nossas cabeças. O fio que a sustentava ia arrebentar-se. Mas, para melhor esclarecer todas as circunstâncias da nossa ruína, necessário será explicar a causa que a motivou.

G. M... era acompanhado por um lacaio, quando foi preso pelos soldados da guarda real. O rapaz, assustado com o acontecimento, fugiu, indo em seguida avisar o velho G. M... do que acabava de se passar.

Uma notícia tão desagradável não podia deixar de assustá-lo imenso. Não tinha senão aquele filho e queria-lhe extremamente. Exigiu que o criado lhe dissesse tudo quanto ele tinha feito durante a tarde; se tivera alguma desavença com alguém, se se tinha envolvido em alguma desordem, se tinha entrado em alguma casa suspeita. O lacaio, que julgava que seu amo corria grande perigo e que imaginou não dever ter a menor reserva para que mais facilmente o socorressem, contou tudo quanto sabia do amor do jovem G. M... para com Manon, da despesa que ele tinha feito, o modo por que ele passara a tarde até às nove horas da noite, a sua saída e o seu desgraçado regresso. Foi quanto bastou para convencer o velho de que seu filho estava envolvido numa questão amorosa. Ainda que já fossem dez horas e meia da noite, não hesitou em correr à casa do intendente-geral da polícia. Pediu-lhe que ordenasse a todas as patrulhas que procurassem seu filho e, tendo-lhe pedido uma para acompanhá-lo dirigiu-se para a rua onde ele fora preso. Visitou todos os lugares da cidade onde esperava encontrá-lo e, nada tendo conseguido, fez-se conduzir, finalmente, à casa de Manon, onde julgou que seu filho tivesse já regressado.

Ia me deitar quando ele chegou. O quarto estava fechado e não ouvi bater à porta da rua; mas ele entrou seguido de dois guardas, e tendo inutilmente pedido informações aos criados de qual seria o lugar onde estava seu filho quis ver a sua amante no intuito de, por ela, poder obter alguma luz. Estávamos prestes a deitarmos: a porta do quarto, abriu-se; o sangue gelou nas nossas veias...

— Meus Deus! é o velho G. M... — disse eu a Manon.

Deito a mão à espada, mas, desgraçadamente, embaraçada no cinturão, não a pude desembainhar. Os guardas, que viram o meu movimento, atiraram-se sobre mim imediatamente para me arrebatarem-na. Um homem em camisa está privado de toda a resistência. Tiraram-me todos os meios de defesa.

G. M..., ainda que perturbado à vista de tal espetáculo, não tardou em me reconhecer e muito mais depressa a Manon.

— Será ilusão minha? — disse ele com toda a gravidade — Não estarei na presença do cavalheiro des Grieux e de Manon Lescaut?

A raiva, a dor e a vergonha dominavam-me por tal forma que não lhe respondi.

G. M... demorou-se algum tempo em silêncio, como se a sua imaginação fosse assaltada de tropel por mil pensamentos diversos; de repente, abrasado em cólera, dirigiu-me a palavra:

— Ah! desgraçado! tenho a certeza de que mataste meu filho!

Esta injúria feriu-me vivamente.

— Velho celerado — retorqui com altivez — se tivesse de matar alguém da tua família, por ti é que havia de começar.

— Segurem-no bem — intimou G. M... aos guardas; é preciso que ele dê notícias de meu filho. Faça-o enforcar amanhã se não diz já onde ele se acha.

— Far-me-ás enforcar? Infame! — repliquei. São os teus e todos os da tua raça que devem ser entregues ao carrasco. Sabes que sou nobre e mais puro do que tu. Sim — acrescentei — sei tudo o que aconteceu a teu filho; mas se continuas a exasperar-me faço-o estrangular antes que o sol apareça no horizonte e prometo-te que a mesma sorte te há de esperar.

Cometi uma imprudência confessando-lhe que sabia onde estava seu filho; mas o excesso de cólera levou-me a esta indiscrição.

Chamou imediatamente mais cinco ou seis guardas, que o esperavam à porta da rua, e ordenou-lhes que prendessem todos os criados da casa.

— Senhor cavalheiro — continuou G. M... em tom de mofa —, sabe onde está meu filho e conta fazê-lo estrangular, conforme afirmou; pois conte também que nós lhe impediremos a execução das suas resoluções.

Foi só então que percebi a gravidade da falta cometida.

O velho aproximou-se de Manon, que estava sentada na cama, chorando amargamente, e dirigiu-lhe meia dúzia de galanteios, irônicos sobre o poder que ela tinha alcançado sobre o pai e o filho e o bom uso que dele fazia. Este monstro de incontinência e devassidão quis levar mais longe as suas liberdades com Manon.

— Não a toques! — exclamei. — Nada, por mais sagrado que seja, te poderia arrancar às minhas mãos.

G. M... saiu deixando na nossa alcova três guardas, a quem ordenou que me fizessem vestir rapidamente.

Não sei qual era a intenção que ele tinha formado a nosso respeito nesse momento. Talvez nos deixasse em paz se lhe disséssemos onde estava seu filho. Enquanto me vestia, meditei se não seria esse o melhor meio a seguir.

Mas, se as suas disposições eram essas quando saiu do quarto, bem mudadas se achavam quando regressou.

Tinha interrogado todos os criados de Manon, que os guardas prenderam. Eles nada puderam dizer; mas, logo que foi informado de que Marcelo era o nosso antigo servo, resolveu por meio de ameaças, obrigá-lo a dizer tudo quanto soubesse.

Marcelo era um rapaz fiel, mas simplório e ignorante. A recordação do que tinha feito no Hospital para libertar Manon, junto ao terror que G. M... lhe inspirava, impressionou por tal forma o seu espírito fraco, que julgou que o levariam dali para a forca ou para o suplício, se não falasse. Prometeu dizer tudo quanto sabia, se lhe concedessem a vida. G. M... convenceu-se de que neste negócio havia maior crime e motivos para o encarar mais seriamente do que ele a princípio julgara. Ofereceu a Marcelo não só a vida mas grandes recompensas pela sua revelação.

O desgraçado informou-o do nosso plano, sobre o qual não tínhamos guardado silêncio diante dele, visto que devia tomar parte na sua execução. É verdade que ignorava completamente as modificações que lhe introduziríamos em Paris; mas estava perfeitamente ao fato, quando partimos de Chaillot, do plano e do papel que nele lhe estava reservado. Declarou a G. M... que os nossos intuitos eram os de ludibriar seu filho; que Manon receberia ou tinha já recebido dez mil francos, os quais segundo o nosso projeto, nunca mais pertenceriam aos herdeiros da casa de G. M...

Ao saber tal coisa, o velho, arrebatado, subiu, cheio de cólera ao nosso aposento e, sem soltar uma palavra, entrou no aposento de Manon, onde encontrou sem grande custo o dinheiro em questão e as joias. Voltou-se para nós com as faces inflamadas e, apontando o que ele chamava o nosso roubo, dizia-nos os nomes mais insultantes. Mostrou de perto a Manon o colar de pérolas e as pulseiras:

— Reconhece-as? — dizia ele escarnecedoramente. — Não é a primeira vez que as vê, são as mesmas. Eram do seu gosto, pelo que vejo, minha bela. Pobres crianças! — ajuntou G. M... — são bem galantes tanto um como outro, mas são também um pouquinho ladrões...

O coração batia-me de raiva, ao ouvir tais insultos. Teria dado, para estar solto um momento... justos céus! — o que não daria eu? Enfim, esforcei-me para lhe dizer com uma moderação que não era mais do que o cúmulo do furor:

— Acabemos, senhor, de uma vez com esses insolentes gracejos. De que se trata? O que pretende fazer de nós?

— Trata-se, senhor cavalheiro — respondeu-me G. M... — de que vai, tal qual está e a esta hora, para o Châtelet. Agora é noite e amanhã de dia verei mais claramente os nossos negócios. Espero que terá então a bondade de dizer onde está meu filho.

Não foi preciso pensar muito para avaliar as terríveis consequências de sermos encerrados no Châtelet. Tremi, prevendo todos os perigos desta reclusão.

Apesar de toda a minha altivez, vi que era necessário me curvar ao peso do infortúnio e lisonjear o meu mais cruel inimigo para, por meio da submissão, conseguir dele alguma coisa.

Pedi-lhe humildemente que me ouvisse um instante.

— Faça-me justiça, senhor! Confesso que a minha pouca idade tem me levado a cometer graves faltas e que o senhor tem sobejas razões para delas se queixar; mas, se conhecesse a força do amor, se pudesse avaliar o que sofre um pobre rapaz a quem arrebatam tudo quanto ele ama e estima, talvez achasse digna de perdão a ideia de saborear uma pequena vingança, ou ao menos havia de julgar-me demasiadamente punido com a afronta que acabo de receber. Não são precisos nem a prisão nem o suplício para me obrigarem a dizer onde está o seu filho. Está em segurança. Nunca tive ideia de lhe fazer mal, nem de ofender seu pai. Estou pronto a declarar onde seu filho está passando a noite, tranquilamente, se o senhor nos concede a graça da liberdade a mim e a Manon.

O velho tigre, longe de se comover com as minhas súplicas, voltou-me as costas rindo-se. Soltou apenas algumas palavras para me fazer compreender que conhecia o nosso projeto do começo ao fim. Quanto ao que dizia respeito a seu filho, acrescentou brutalmente, visto que não o tinha assassinado, havia de encontrá-lo facilmente.

— Levem-no para o Petit Châtelet — disse ele aos guardas — e tenham cautela para que não fuja; é um finório que já se escapuliu de São Lázaro.

Saiu, deixando-me num estado que o senhor bem pode imaginar.

— Oh! céus! — exclamei — receberia submissamente todos os golpes que viessem diretamente da vossa mão; mas que um infame tenha o poder de me tratar com tanta tirania, leva-me ao cúmulo do desespero!

Os guardas pediram-nos que não os fizéssemos esperar mais tempo. Tinham uma carruagem à porta. Estendi a mão a Manon para descer.

— Vem, minha querida rainha, vem submeter-te a todo o rigor da nossa sorte. Queira o céu que possamos ainda gozar dia mais felizes.

Partimos juntos. Manon lançou-se aos meus braços. Não lhe tinha ouvido dizer uma palavra desde que G. M... aparecera no quarto pela primeira vez; mas, achando-se só comigo, disse-me palavras carinhosas, acusando-se de ser a causa da minha desgraça. Assegurei-lhe que nunca me queixaria do destino, enquanto ela não deixasse de me amar.

— Não sou eu o digno de lástima — continuei; — alguns meses de prisão não me assustam e prefiro o Châtelet a São Lázaro. Mas é por ti, minha cara Manon, que estou com cuidado. Que infelicidade para uma criatura tão encantadora! Céu é possível que trateis com tanto rigor a mais perfeita das vossas obras? Por que não nascemos um e outro com qualidades que se harmonizassem com a nossa miséria? Temos espírito, sentimento e gosto; e que uso fazemos de todos estes dotes? Ao passo que tantas almas vis, e apenas dignas de nossa desdita, gozam de todos os favores da sorte!

Estas reflexões enchiam de dor a minha alma, mas não era nada em comparação da que me inspirava o futuro. Tremia horrivelmente por causa de Manon. Ela já tinha estado no Hospital e ainda que de lá houvesse saído pela boa porta, eu sabia que as reincidências deste gênero eram em extremo perigosas. Eu queria fazer com que ela partilhasse dos meus receios; mas, sem ousar adverti-la do perigo, abraçava-a, suspirando, para ao menos lhe assegurar a constância do meu amor, único sentimento que me atrevia a exprimir-lhe.

— Manon — dizia — fala-me com franqueza: hás de amar-me sempre?

Respondeu-me que era bem desgraçada só pela dúvida em que eu estava a esse respeito.

— Está bem. Não duvido; e, com esta certeza, afrontarei todos os meus inimigos. A minha família há de tirar-me do Châtelet e a minha vida de nada servirá se eu, uma vez livre, não quebrar igualmente as tuas cadeias.

Chegamos à prisão e fomos separados. Já o esperava e por isso custou-me menos. Recomendei Manon ao carcereiro, fazendo-lhe perceber qual era a minha posição social e prometendo-lhe recompensa considerável. Beijei a minha cara amante antes de deixá-la, dizendo-lhe que não se afligisse demasiadamente, nem temesse nada enquanto eu vivesse.

A minha bolsa não estava vazia. Dei a Manon parte do meu dinheiro e paguei ao carcereiro um mês adiantado de avultada carceragem, por ela e por mim.

O dinheiro produziu ótimo resultado. Deram-me um quarto sofrivelmente mobiliado e afirmaram-me que Manon tivera outro igual.

Tratei logo de obter a minha liberdade. Era claro que não podia ser acusado de ter cometido um crime; e, supondo mesmo que o depoimento de Marcelo provasse a intenção do roubo, sabia perfeitamente que a lei não castiga intenções. Resolvi por isso escrever prontamente a meu pai, pedindo-lhe que viesse em pessoa a Paris. Como já disse, custava-me menos estar preso no Châtelet do que em São Lázaro; e, além disso, posto que conservasse todo o respeito que devia à autoridade paterna, a idade e a experiência tinham diminuído muito a minha timidez. Escrevi-lhe, pois. No Châtelet não puseram dificuldade em deixar passar a carta. Teria contudo poupado este trabalho, se soubesse que meu pai devia chegar no dia seguinte a Paris.

Ele tinha recebido a carta que eu lhe escrevera oito dias antes; sentiu, ao lê-la uma alegria imensa; mas, por mais que acreditasse na minha conversão, não quis fiar-se absolutamente nas minhas promessas. Tomou a resolução de vir em pessoa assegurar-se da minha boa fé e de regular a sua conduta pela sinceridade do meu arrependimento.

Chegou no dia imediato ao da minha prisão. A sua primeira visita foi para Tiberge, a quem lhe tinha pedido para dirigir a resposta à minha carta. Não pôde saber dele nem onde eu morava nem qual era então o meu comportamento. Apenas foi informado das minhas principais aventuras depois que eu fugira de São Sulpício.

Tiberge falou-lhe muito favoravelmente das disposições que, na nossa última entrevista, eu tinha mostrado no sentido de mudar de vida. Acrescentou que me julgava inteiramente desligado de Manon;

mas, não obstante, estava surpreendido de que não lhe tivesse dado notícias havia já oito dias. Meu pai não se iludiu. Compreendeu que havia alguma coisa que escapava à penetração de Tiberge no silêncio de que ele tanto se lamentava e empregou tanta atividade em descobrir as minhas pegadas, que, dois dias depois da sua chegada, já me sabia preso no Châtelet.

Antes de receber a sua visita, que não esperava tão cedo, recebi a do intendente-geral da polícia, ou, para chamar as coisas pelo nome, sofri o interrogatório que a lei ordena. Fez-me algumas repreensões, mas sem dureza nem ofensa. Disse com brandura que sentia o meu mau comportamento; que eu tinha feito mal, criando um inimigo da qualidade de G. M...; que, de fato, era fácil de observar que neste negócio havia mais imprudência e irreflexão do que má fé; mas que, não obstante, era a segunda vez que caía debaixo da sua jurisdição e que tinha pensado que eu teria mais juízo depois de haver sofrido durante dois ou três meses a lição de São Lázaro.

Encantado por tratar com um juiz tão justo, expliquei-me com ele de maneira tão respeitosa e com tanta moderação, que pareceu extremamente satisfeito com as respostas.

Disse-me que eu não me devia entregar em demasia à tristeza e que, em atenção à minha nobreza de família e minha pouca idade, sentia-se disposto a fechar os olhos às minhas faltas. Atrevi-me a recomendar-lhe Manon, elogiando a sua doçura e boa índole. Respondeu sorrindo, que, posto que não a tivesse visto, lhe diziam que ela era uma pessoa perigosa. Esta acusação excitou de tal modo a minha ternura, que fiz uma apaixonada e calorosa defesa da minha pobre amante, chegando mesmo a derramar algumas lágrimas. Mandou que me recolhesse ao quarto.

— Amor! Amor — exclamou este grave magistrado, vendo-me sair — quando te reconciliarás com a prudência?

Estava eu fazendo tristes reflexões sobre a conversa que acabava de ter com o intendente-geral da polícia quando senti abrir a porta do quarto. Era meu pai. Ainda que devesse estar meio preparado para esta entrevista, porque já a esperava, fiquei contudo tão abalado que, se a terra pudesse abrir-se a meus pés, teria me precipitado nas suas entranhas.

Beijei-o com todos os sinais de uma extrema confusão.

Sentou-se sem que eu ou ele tivéssemos dito uma só palavra.

Como ficasse de pé, com os olhos no chão, ele me disse:

— Sente-se, senhor, sente-se! Graças ao escândalo da sua libertinagem e das suas ladroeiras, pude descobrir o lugar onde estava residindo. É a vantagem que tem quem possui as suas qualidades: não poder viver incógnito. Caminha para a celebridade por uma estrada infalível. Espero que o fim dessa carreira será em breve a Grève e que o senhor terá a glória de ser exposto nesse lugar à admiração de toda a gente!

Nada respondi. Ele continuou:

— Como é desgraçado o pai que, depois de não ter poupado nada para fazer de seu filho um homem útil e honrado, não encontra nele, ao fim, mais do que um ladrão que o desonra! Podemos nos consolar de uma má sorte; o tempo faz esquecer e o pesar diminui. Mas, que remédio teremos contra um mal que aumenta todos os dias e que é representado pelas desordens e pela devassidão de um filho vicioso, que perdeu todos os sentimentos de honra? Não dizes nada, desgraçado? — acrescentou ele. — Veja esta modéstia contrafeita, este ar de doçura hipócrita; quem não diria que está aqui o homem mais digno de sua família?

Ainda que eu fosse obrigado a reconhecer que era merecedor destes ultrajes, pareceu-me contudo que meu pai os levava ao excesso. Julguei então que me seria permitido explicar naturalmente as minhas ideias.

— Asseguro-lhe, senhor — respondi que a modéstia de que me vê possuído na sua presença, não é de modo algum afetada: é a situação natural de um filho bem educado que respeita infinitamente seu pai, e sobretudo um pai irritado. Não quero no entanto passar pelo homem mais bem comportado da nossa família. Sei que sou merecedor das suas reprimendas; mas peço-lhe que procure vislumbrar nelas alguma bondade e não me trate como o mais infame de todos os homens. Não mereço nomes tão ásperos. Foi o amor, meu pai bem o sabe, que causou todas as minhas faltas. Paixão fatal! Ah! não lhe conhecerá o senhor a força? E será possível que o seu sangue, que é a fonte do meu, não tivesse jamais sentido os mesmos ardores? O amor tornou-me demasiado terno, apaixonado em extremo, muito fiel e talvez mesmo complacente em excesso para com os desejos de uma amante encantadora: eis os meus crimes. Vê neles algum que o desonre? Suplico-lhe, meu caro pai — acrescentei ternamente — tenha alguma piedade para com um filho que foi sempre todo respeito e afeição para o senhor; que nunca renunciou, como pensa, à honra e ao dever e que é mil vezes mais digno de lástima do que meu pai pensa.

Ao finalizar estas palavras, amargas lágrimas deslizaram dos meus olhos.

O coração de um pai é a obra-prima da natureza, que nele reina, por assim dizer, docemente, e que regula toda a sua elasticidade. Meu pai — homem de espírito e de gosto — ficou de tal modo enternecido com o tom que eu havia dado às minhas desculpas, que não conseguiu disfarçar esta mudança.

— Vem, meu pobre cavalheiro, — disse ele — vem abraçar-me. Fazes-me dó.

Abracei-o e ele apertou-me contra o peito com tanta ternura que pude sentir bem o estado do seu coração.

— Mas, que meio empregaremos para te tirar daqui? — continuou ele. — Conta-me e explica-me toda a tua vida sem nada esconderes.

Como afinal de contas nada houvesse, no fundo das minhas ações, que pudesse desonrar-me completamente, pelo menos comparando-as com as de certos rapazes da boa roda, e como uma amante não passa por ser uma infâmia, no século em que vivemos, do mesmo modo que também não o é alguma esperteza para conquistar a fortuna no jogo, fiz sinceramente a meu pai a narrativa da vida que havia passado. A cada falta que lhe confessava, tinha o cuidado de juntar-lhe exemplos célebres para diminuir a vergonha que dela me poderia resultar.

— Vivo com uma amante — comecei eu sem que as cerimônias do casamento nos hajam ligado: o duque de... sustenta duas à vista de todo Paris; M. de... tem uma há dez anos, amando-a com uma fidelidade que nunca demonstrou à sua mulher. Os dois terços das pessoas honestas de França consideram isso como uma honra. Usei de algumas artimanhas no jogo: o marquês de... e o conde de... não possuem outros rendimentos: o príncipe de... e o duque de... são os chefes de um bando de cavalheiros da mesma ordem.

Quanto aos meus planos sobre a bolsa dos dois G. M... poderia provar facilmente, do mesmo modo, que não era exceção única: mas conservava ainda muita dignidade para me condenar a mim próprio, caso ele quisesse me condenar com todos aqueles de quem eu propusesse o exemplo; de sorte que implorei de meu pai que perdoasse esta fraqueza, fruto de duas paixões violentas que me tinham agitado: a vingança e o amor.

Pediu-me, depois, se lhe podia dar alguma ideia sobre o meio mais rápido de obter a minha liberdade e de modo que pudesse ser evitado o escândalo.

Fiz-lhe conhecer os sentimentos de bondade que o intendente-geral da polícia tinha para comigo.

— Se o senhor encontrar alguns obstáculos, não podem provir senão dos G. M...; assim, julgo que seria útil que os fosse visitar.

Meu pai assim prometeu.

Não ousei solicitar-lhe que intercedesse por Manon. Não foi por falta de ousadia, mas sim o temor que tinha de revoltá-lo novamente com um tal pedido, suscitando-lhe algum desígnio que nos fosse funesto, tanto a ela como a mim. Estou ainda hoje para saber se este receio, impedindo-me de observar as disposições de meu pai e de procurar inspirar-lhe ideias favoráveis para a minha desgraçada amante, não causou os meus maiores infortúnios. Teria, quem sabe, excitado mais uma vez a sua comiseração e o poria de sobreaviso contra as sugestões que certamente iria receber do velho G. M...

Talvez que a minha má sorte o tivesse feito insurgir-se contra todos os meus esforços; mas então eu só teria que acusar esse destino e a crueldade dos meus inimigos, de todas as minhas desgraças.

Meu pai, ao deixar-me, foi fazer uma visita a G. M... Encontrou-o com seu filho, a quem o soldado da guarda havia honradamente restituído à liberdade. Nunca soube as particularidades da sua conversa; mas foi-me fácil avaliá-las pelos seus efeitos mortais. Foram juntos (falo dos dois pais) ao intendente-geral da polícia, de quem solicitaram duas graças: uma, a de me fazer sair imediatamente do Châtelet; outra, a de encerrar Manon numa prisão para o resto dos seus dias, ou de enviá-la para a América. Começava-se então a deportar para o Mississipi muitos vagabundos. O intendente-geral da polícia deu a sua palavra de honra de que faria partir Manon pelo primeiro navio.

G. M... e meu pai vieram ambos imediatamente trazer-me a notícia da minha libertação.

G. M..., esquecendo o passado e depois de me ter dado os parabéns por possuir tal pai, aconselhou-me a aproveitar doravante as suas lições e os seus exemplos. Meu pai ordenou que lhe pedisse perdão da pretendida injúria que eu havia feito à sua família, agradecendo-lhe ao mesmo tempo a sua intervenção para a minha liberdade.

Saímos juntos sem havermos trocado uma única palavra sobre a minha amante. Não ousei mesmo falar dela em presença dos carcereiros. As minhas tristes recomendações teriam sido inúteis. A ordem cruel viera ao mesmo tempo daquela que me abria as portas da prisão. Manon foi conduzida uma hora depois ao Hospital, para fazer parte do número de algumas desgraçadas a quem a mesma sorte esperava.

Como meu pai me obrigasse a acompanhá-lo até à casa onde residia, na capital, foi só quase às seis horas que pude escapar à sua vigilância, para voltar ao Châtelet. Não tinha outro intuito senão o de levar a Manon algum consolo e de recomendá-la ao carcereiro, pois estava convencido de que não me concederiam autorização para vê-la. Também não dispusera ainda do tempo suficiente para refletir nos meios que havia de empregar para libertá-la do cárcere.

Pedi para falar ao carcereiro. Mostrou-se satisfeitíssimo com a notícia da minha liberdade, de sorte que, muito disposto a obsequiar-me, começou logo a falar do destino de Manon como de uma desgraça que muito lamentava, pois que bastante me devia afligir. A princípio não o compreendi. Conversamos algum tempo sem nos entendermos. Por fim, percebendo que eu tinha necessidade de uma explicação, deu-a e por tal forma que ainda hoje tenho horror em dizê-la, embora seja obrigado a repeti-la.

Nunca uma apoplexia fulminante foi capaz de causar efeito mais rápido e terrível. Caí com uma palpitação de coração tão dolorosa, que de repente perdi os sentidos, julgando-me liberto para sempre da vida. Esta preocupação ainda se conservou no meu espírito, quando tornei a mim. Estendi a vista pelo compartimento onde estava e sobre mim próprio, para me assegurar se por acaso ainda gozava da desgraçada qualidade do homem vivo. É certo que, seguindo-se apenas o movimento natural que leva cada um a emancipar-se dos seus sofrimentos, nada podia parecer mais suave do que a morte, neste momento de desespero e de consternação.

A própria religião não podia fazer-me encarar nada mais insuportável, depois da vida, do que as convulsões cruéis que me atormentavam. Contudo, por um destes milagres que só o amor opera, recobrei num instante as forças necessárias para poder agradecer ao céu o ter-me dado novamente o uso da razão. A minha morte não teria sido útil senão para mim. Manon precisava da minha vida para que a libertasse, para a socorrer, enfim, para vingá-la.

Jurei dedicar-me a esta missão sem considerações de qualquer espécie.

O carcereiro tratou-me como só o meu melhor amigo o teria feito. Recebi os seus serviços com o maior reconhecimento.

— Ah! — disse-lhe eu — está então comovido com as minhas dores? Todo o mundo me abandona. Meu pai, mesmo é, sem dúvida, um dos meus mais cruéis perseguidores. Ninguém tem compaixão de mim. Só o senhor, nesta casa de crueldade e de barbária, mostra interesse pelo mais desgraçado de todos os homens.

Aconselhou-me a que não saísse para a rua sem estar mais restabelecido do abalo violento por que acabava de passar.

— Deixe, deixe — respondi, saindo; tornarei a vê-lo mais depressa do que julga. Prepare-me a mais escura e fétida das enxovias, pois vou trabalhar para merecê-la.

Com efeito, as minhas resoluções eram nada menos do que desfazer-me dos dois G. M... e do intendente-geral da polícia, caindo depois a mão armada sobre o Hospital, acompanhado de todos quantos pudesse atrair para a minha causa. Meu próprio pai, custou-me imenso respeitá-lo nesta vingança que me parecia tão justa, pois o carcereiro não me tinha ocultado que ele e G. M... eram os autores da perda de Manon. Mas, logo que dei alguns passos na rua, e que o ar atmosférico refrescou-me o sangue, o furor cedeu lugar a sentimentos mais razoáveis. A morte dos nossos inimigos teria sido de pequena utilidade para Manon e iria me expor, certamente, a ficar impossibilitado para sempre de socorrê-la. Além disso, recorreria a um bárbaro e covarde assassínio? Que outro caminho poderia eu abrir à minha vingança?

Reuni todas as minhas ideias e todas as minhas forças para trabalhar primeiro para conseguir libertar Manon, deixando adiada a vingança para depois do bom ou do mau sucesso desta importante resolução.

Restava-me pouco dinheiro e, no entanto, o dinheiro era uma das bases por onde seria necessário começar. Só conhecia três pessoas de quem pudesse obtê-lo: M. de T..., meu pai e Tiberge. Dos dois últimos não poderia conseguir grande coisa e tinha vergonha de importunar o primeiro com os meus pedidos. Mas, não é no desespero que se geram destas delicadezas. Fui imediatamente ao seminário de São Sulpício, sem me importar se seria ou não reconhecido. Mandei chamar Tiberge. As suas primeiras palavras deram-me a entender que ele ignorava completamente as minhas últimas aventuras. Esta ideia fez-me mudar a intenção que tinha de enternecê-lo por meio da compaixão. Falei-lhe em geral do prazer que havia tido em tornar a ver meu pai, e pedi-lhe em seguida que me emprestasse algum dinheiro, com o pretexto de pagar, antes da minha retirada de Paris, algumas dívidas que desejava ficassem ignoradas. Apresentou-me imediatamente a sua bolsa. Dos seiscentos francos que ela continha, tomei quinhentos. Quis passar-lhe um recibo, mas Tiberge era muito generoso para aceitá-lo.

De lá voltei à casa de M. de T... com quem não usei de reservas. Fiz a exposição das minhas desgraças e das minhas dores, que ele conhecia já até nos menores detalhes, em virtude do interesse com que seguira a aventura do jovem G. M... No entanto, ouviu-me e lastimou-me bastante.

Quando lhe pedi a sua opinião sobre os meios de libertar Manon, respondeu tristemente que não via modo nenhum de consegui-lo e, a não ser algum auxílio extraordinário do céu, seria forçoso renunciar a toda e qualquer esperança; que tinha ido ao Hospital depois que lá a haviam encerrado, mas que nem ao menos obtivera licença para vê-la; que as ordens do intendente-geral da polícia eram muito rigorosas e que, para cúmulo da desventura, ela fazia parte do número das desgraçadas que iam ser degredadas para a América dois dias depois.

Esta certeza consternou-me por tal forma que ele poderia ter falado uma hora seguida sem que lhe prestasse a menor atenção. Continuou dizendo que não me tinha ido visitar no Châtelet, para que, não se suspeitando da sua intimidade comigo, me pudesse servir mais facilmente quando fosse preciso; que, algumas horas depois de eu ter de lá saído, tivera o desgosto de não saber para onde eu fora e que desejara ver-me rapidamente para dar o único conselho, na sua opinião razoável, sobre o modo de libertar Manon, mas esse conselho era tão perigoso que pedia para eu ocultar sempre a parte que ele tomava na sua execução: tratava-se de escolher alguns valentes que tivessem a coragem de atacar os guardas de Manon, logo que a escolta saísse de Paris. Não esperou que lhe falasse da minha indigência.

— Eis aqui cem dobrões — disse ele, apresentando-me a sua bolsa — que lhe serão muito necessários. Restituir-me-á quando a fortuna lhe sorrir.

Acrescentou que, se a sua posição lhe permitisse, o seu braço e a sua espada estariam às ordens para a execução deste plano.

Tanta generosidade comoveu-me até às lágrimas. Empreguei, para lhe provar o meu reconhecimento, toda a vivacidade que a minha perturbação permitia. Perguntei-lhe se nada haveria a esperar por meio de um pedido feito ao intendente-geral da polícia. Disse-me que tinha pensado nisso, mas que julgava inúteis todos os passos que se dessem junto dessa autoridade, porque uma graça de tal natureza não se podia solicitar sem um motivo qualquer, e não via qual fosse ele, para que uma pessoa circunspecta e poderosa pudesse interceder que os únicos que podiam fazer alguma coisa a este respeito eram G. M... e meu pai, que se assim o pedissem ao intendente-geral de polícia, conseguiram decerto a revogação da sentença.

Ofereceu-se para empregar todos os seus esforços nesse sentido, junto ao jovem G. M..., não obstante ele julgar que a sua amizade esfriara um pouco por suspeitas que tivesse concebido da parte que ele havia tomado no negócio da sua aventura; e aconselhou-me a que nada poupasse para que meu pai, de algum modo, modificasse a sua resolução.

Não era isso para mim coisa muito fácil não só pela dificuldade que teria em vencer a má vontade de meu pai, mas por uma outra razão que me levava a recear ter de apresentar-me na sua presença; eu havia saído de casa sem sua ordem, e estava muito resolvido a lá não tornar a pôr os pés depois que soube de triste destino que aguardava Manon. Temia que ele me retivesse em casa contra a minha vontade e que me levasse para a província. Já meu irmão havia, outrora, usado deste ardil. Verdade era que eu, agora, tinha mais idade; mas a idade é uma fraca razão contra a força.

Contudo, ocorreu-me um meio de evitar este perigo — o de mandar chamar meu pai a um lugar público, anunciando-me sob um nome suposto. Tomei imediatamente esta resolução. M. de T... dirigiu-se à casa de G. M... e eu ao Luxemburgo, de onde mandei prevenir meu pai de que um gentil homem seu amigo o esperava para negócio urgente. Receei que ele hesitasse em aparecer, visto aproximar-se a noite. No entanto vi-o chegar, momentos depois, acompanhado de um criado. Pedi-lhe que se retirasse comigo para uma rua onde pudéssemos falar sem sermos ouvidos.

Andamos uns cem passos sem nada dizermos um ao outro. Meu pai imaginava sem dúvida que não se faziam tantos preparativos para negócio de pouca importância. Esperava as minhas palavras; eu meditava-as.

Falei, finalmente:

— Senhor — exclamei, tremendo — sois um bom pai. Tendes-me obsequiado imensamente e perdoado um número infinito de erros. Tomo o céu por testemunha de que nutro por vós todos os sentimentos de um filho terno e respeitoso. Mas, parece-me que o vosso rigor...

— Então, o que tem o meu rigor? — interrompeu ele, que notava decerto que eu falava muito lentamente para a impaciência que o dominava.

— Parece-me, meu pai, que o seu rigor é demasiado no modo como tratou a desgraçada Manon. Deu ouvidos ao que lhe disse G. M... e o ódio deste libertino apresentou-a sob as mais negras cores. Faz dela uma ideia horrível e no entanto ela é a mais doce e amável criatura que a natureza produziu. Por que o céu não lhe inspirou o desejo de vê-la, ainda que não fosse senão por um momento? Estou tão certo de que ela o deixaria encantado como o estou de me haver enfeitiçado apenas a conheci. Tomaria logo o seu partido; havia de desprezar os negros e infernais artifícios de G. M..., teria compaixão dela e de mim. Sei que o seu coração não é insensível; ficaria enternecido, com certeza...

Meu pai interrompeu-me de novo, vendo que eu falava com um ardor que prometia longa duração. Quis saber qual era o meu fim, com palavras tão apaixonadas.

— O de pedir-lhe a vida, que não posso conservar um momento, se Manon for desterrada para a América — retorqui.

— Não, não — disse ele com toda a severidade — antes te quero ver morto, do que sem juízo e sem honra.

— Não vamos mais longe — exclamei, agarrando-o por um braço — tire-me já daqui esta vida odienta e insuportável, pois, no desespero em que me lança, a morte será maior favor para mim. Será um presente digno da mão de um pai!

— Não te farei a vontade, apesar de não mereceres outra coisa. Conheço muitos pais que não teriam esperado tanto tempo para serem, eles próprios, os carrascos de seus filhos; mas foi a minha excessiva bondade que te perdeu...

Lancei-me aos seus pés.

— Se ainda lhe resta alguma coisa dessa bondade — exclamei, abraçando-lhe as pernas — não seja surdo aos meus rogos e às minhas lágrimas. Lembre-se de que sou seu filho... Recorde-se de minha mãe. Meu pai queria-a extremosamente! Tê-la-ia defendido até à morte. Não terei um coração como o seu? Pode-se chegar a ser bárbaro tendo-se, uma só vez que seja na vida, sentido o que é a dor e a ternura?

— Não me digas nem uma palavra de tua mãe! — bradou ele com voz irritada — essa recordação me enfurece cada vez mais contra ti. Os teus desatinos a teriam feito morrer de dor, se houvesse vivido bastante para poder presenciá-los. Acabemos com esta conversa; incomoda-me e não me fará mudar de resolução. Vou para casa e ordeno-te que me sigas.

O tom áspero e seco com que me intimou fez-me compreender que o coração de meu pai era inflexível. Afastei-me alguns passos, receando que ele me prendesse pela sua própria mão.

— Não aumente o meu desespero, forçando-me a desobedecer-lhe — respondi. É impossível segui-lo e será também impossível viver depois da dureza com que me trata. Assim, digo-lhe adeus para sempre. A minha morte, de que em breve terá notícia — disse tristemente — talvez o faça ter para a minha memória sentimentos de pai.

E, como me dispusesse a deixá-lo:

— Recusas então seguir-me? — disse-me cheio de cólera. Vai, corre para a tua perdição. Adeus, filho ingrato e rebelde!

— Adeus — retorqui no meio do meu desespero — adeus, pai bárbaro e desnaturado!

Saí imediatamente do Luxemburgo. Dirigi-me como um doido à casa de M. de T... Ao caminhar, levantava as mãos e os olhos para o céu, para invocar as forças celestiais.

— Serás tu, ó céu, serás tu tão inexorável como os homens? Não tenho agora a esperar socorro senão de ti.

M. de T... ainda não tinha regressado: não se fez, porém, esperar por muito tempo. As suas negociações não haviam tido melhor êxito do que as minhas. Disse-me com a maior tristeza. O jovem G. M..., ainda que menos irritado do que o pai contra Manon e contra mim, negara-se a pedir qualquer coisa em nosso favor. Recusou-se, alegando o receio que tinha desse velho vingativo, que já se havia exaltado contra ele, censurando os seus propósitos de relações sexuais com Manon.

Só me restava o caminho da violência, seguindo exatamente o plano que M. de T... havia traçado. Limitei, pois, a este ponto todas as minhas esperanças.

— São bem incertas — disse — mas a que é mais sólida e que me consola é a de que posso morrer na execução do projeto.

Deixei-o, pedindo-lhe que rezasse por mim, e só pensei em reunir uns camaradas aos quais pudesse incutir uma centelha da minha coragem e resolução.

O primeiro de quem me lembrei foi o soldado da guarda real de que me tinha servido para prender G. M... Estava resolvido também a ir passar a noite no seu quarto, visto não ter paz de espírito suficiente para, durante a tarde, procurar um albergue onde me recolhesse.

Estava só e mostrou-se muito contente por me ver fora do Châtelet. Ofereceu-me afetuosamente os seus serviços e eu expus-lhe quais eram os que ele podia prestar-me. Não obstante ter demasiado bom-senso para notar todas as dificuldades do meu plano, foi bastante generoso para deixar de estudar comigo os meios de vencê-las.

Uma grande parte da noite foi empregada em combinarmos a melhor maneira de realizar as minhas intenções. Falou dos três soldados da guarda de que se tinha servido na última ocasião, como de três bravos. M. de T... me havia informado do número exato dos guardas que deviam conduzir Manon; eram apenas seis. Cinco homens atrevidos e resolutos bastavam para fazer fugir esses miseráveis, que não são capazes de se defender com honra desde que possam evitar o perigo cometendo uma covardia.

Como não me faltasse dinheiro, o soldado aconselhou a que nada poupasse para assegurar o bom êxito do nosso ataque.

— Precisamos de cavalos, pistolas e um mosquete para cada um. Encarrego-me de arranjar amanhã todas essas coisas. Precisamos também três trajes à paisana para os soldados, que não ousarão decerto mostrar-se com o uniforme do regimento em negócio desta natureza.

Dei-lhe os cem dobrões que tinha recebido de M. de T... e que no dia seguinte foram gastos até o último soldo. Passei em revista os três soldados. Animei-os com grandes promessas e, para lhes tirar todo o motivo de desconfiança, comecei por lhes fazer presente, a cada um deles, de dez dobrões.

Chegado o dia da execução do plano, enviei um dos soldados, muito cedo, ao Hospital, para se certificar com precisão do momento em que os guardas apareceriam com a sua presa. Ainda que não tivesse tomado esta resolução senão por excesso de previdência e inquietação, vi depois que ela era de absoluta necessidade. Eu tinha tomado como certas algumas falsas informações que me haviam dado no caminho; e, persuadido de que era em La Rochelle que esta desgraçada gente devia embarcar, perderia todo o meu trabalho, esperando-a no caminho de Orléans. O soldado informou-me, entretanto, que os guardas tomaram o caminho da Normandia e de que era no Havre que o embarque para a América devia efetuar-se.

Dirigimo-nos imediatamente para a porta de Saint-Honoré, tendo o cuidado de ir por ruas diferentes para não infundir suspeitas. Reunimo-nos na extremidade do arrabalde. Os nossos cavalos eram bons. Não tardamos em avistar os seis guardas e os dois miseráveis veículos que o senhor viu em Passy há dois anos. Este espetáculo esteve a ponto de me fazer perder os sentidos e as forças.

— Oh! destino cruel — exclamei — concede-me, aqui ao menos, a morte ou a vitória!

Durante um momento combinamos os meios de que usaríamos para o ataque. Os guardas levavam-nos de dianteira apenas uns quatrocentos passos, e podíamos cortar-lhes a passagem tomando um atalho que seguia pelo campo adjacente à estrada real.

O soldado da guarda opinou que tomássemos este atalho para surpreendê-los, caindo sobre eles como um raio. Apoiei a ideia e fui o primeiro a dar de esporas ao cavalo. O destino, porém, tinha resolvido ainda zombar das minhas esperanças.

Os guardas, vendo correr para eles cinco cavaleiros, não duvidaram de que fosse para atacá-los. Colocaram-se logo na defensiva, carregando os mosquetes e armando as baionetas resolutamente.

Este espetáculo, que não fez mais do que nos animar, a mim e ao soldado da guarda, levou o desalento aos nossos três covardes companheiros. Pararam, como se já estivessem de acordo, e dizendo entre si algumas palavras que não ouvi, fizeram meia-volta e, esporeando os cavalos, tomaram a toda a brida o caminho de Paris!

— Meu Deus! — exclama o meu companheiro, tão desalentado como eu, com esta infame deserção — o que vamos fazer? Somos só dois!...

Eu não podia falar. O furor e a surpresa tinham-me tirado a voz. Parei, hesitando se o meu primeiro passo não devia ser o de perseguir e castigar os três covardes e infames que assim me abandonavam. Via-os fugir e olhava também os guardas. Se fosse possível dividir-me teria caído ao mesmo tempo sobre os dois grupos, objetos do meu furor e da minha raiva, para destruí-los conjuntamente.

O soldado da guarda, que avaliava a minha incerteza pelo movimento desordenado dos meus olhos, pediu-me que escutasse por um momento os seus conselhos.

— Somos apenas dois — disse ele — e seria loucura atacar seis homens tão bem armados como nós e que parecem esperar-nos de pé firme. É preciso voltarmos a Paris e sermos mais escrupulosos na escolha dos nossos companheiros. Os guardas não podem fazer grandes marchas com dois veículos tão pesados; amanhã tornaremos a alcançá-los sem grande custo.

Pensei um pouco neste sentido; mas, não vendo de todos os lados senão motivo de desespero, tomei uma resolução verdadeiramente desesperada: foi a de agradecer ao meu companheiro os seus serviços e, longe de atacar os guardas, resolvi ir submissamente pedir-lhes que me aceitassem entre eles, para acompanhar Manon até o Havre e depois atravessar com ela o mar.

— Não encontro senão quem me persiga ou me traia — disse ao soldado da guarda real; não tenho confiança em pessoa alguma; já nada espero nem do destino, nem dos homens. As minhas desditas tocaram o auge; que me resta, pois, senão resignar-me e submeter-me à desgraça? Fecho assim os olhos a toda a esperança. Possa o céu recompensar a sua dedicação... Adeus! Vou ajudar a má sorte que me persegue a consumar a minha ruína, correndo para ela voluntariamente.

O soldado fez inúteis esforços para me resolver a voltar para Paris. Pedi-lhe que deixasse seguir a minha resolução, e que me abandonasse imediatamente, receando que os guardas continuassem a acreditar que queríamos atacá-los.

Dirigi-me para eles a passo lento e com tal consternação desenhada no rosto, que nenhum receio deveriam ter, vendo-me aproximar. No entanto, conservaram-se na defensiva.

— Sosseguem, senhores, — disse-lhes ao chegar perto deles — não venho declarar-lhes guerra, mas pedir-lhes paz e proteção.

Solicitei-lhes que continuassem sem desconfiança a sua marcha e durante o caminho fiz-lhes saber qual era o favor que esperava me concedessem.

Discutiram entre si de que modo receberiam as minhas palavras. O comandante da escolta tomou a palavra, dizendo-me que a ordem que tinha recebido era de vigiar rigorosamente as prisioneiras; que no entanto eu lhe parecia ser tão amável que não duvidavam ele e os seus companheiros, de serem menos escrupulosos no restrito cumprimento do dever; mas que eu bem devia ver que uma condescência desta ordem custar-me-ia alguma coisa.

Restavam-me ainda cerca de quinze dobrões. Tive a demasiada boa fé de lhes dizer a quanto montavam os meus fundos.

— Pois bem, seremos generosos — disse-me o guarda. Custar-lhe-á um escudo cada hora que conversar com qualquer das raparigas presentes que mais lhe agradar: é o preço corrente em Paris.

Não lhes tinha falado de Manon em particular, porque não desejava que soubessem da minha paixão. Imaginaram primeiro que era uma extravagância de rapaz que buscava distração, entretendo-se algum tempo com estas criaturas; mas, quando viram que eu estava apaixonado, aumentaram por tal forma o tributo que a minha bolsa ficou vazia ao sairmos de Nantes, onde havíamos pernoitado, exatamente na manhã do dia em que o senhor nos viu chegar a Passy.

Dir-lhe-ei qual foi o tema constante das minhas conversas com Manon durante esta deplorável jornada, ou que impressão produziu em mim a sua presença, logo que consegui dos guardas licença para aproximar-me da sua carroça? A palavra, por mais veemente que seja, nunca será capaz de exprimir completamente os sentimentos do coração. Mas, imagine a minha pobre amante amarrada pela cintura com uma corrente, sentada sobre um molho de palha, a cabeça encostada a um dos lados da carroça, o rosto pálido e alagado por uma torrente de lágrimas, que achavam fácil saída através de suas doridas pálpebras, não obstante conservar continuamente os olhos fechados. Ela nem teve mesmo a curiosidade de os abrir para ver o que os guardas fizeram quando recearam ser atacados. A sua roupa estava suja e em desalinho, as mãos mimosas iam expostas à inclemência do tempo; enfim, este conjunto de encantos, este rosto capaz de tornar idólatra o universo inteiro, estava reduzido ao maior desespero e abatimento.

Marchando a cavalo ao lado da carroça, detive-me algum tempo a contemplá-la. Era tão pouco senhor de mim, que muitas vezes estive a ponto de cair desastradamente. Os meus suspiros, as minhas frequentes exclamações, chamaram finalmente a sua atenção. Ao reconhecer-me, o seu primeiro movimento foi o de arrojar-se para fora da carruagem, para cair nos meus braços; a cadeia, porém, retesando-se, fez com que ela recaísse na sua posição primitiva.

Pedi aos guardas que, por compaixão, se detivessem algum tempo: consentiram no meu pedido, movidos pela avareza e eu apeei-me para servi-la, amá-la, para unir indissoluvelmente a minha triste sorte à sua miserável, tão fraca e comovida, que se demorou muito tempo a articular uma palavra e a apertar-me as mãos. As minhas lágrimas regavam o seu colo e, não podendo eu próprio falar, conservamo-nos durante longos momentos numa das mais tristes situações de que haja exemplo. As nossas expressões não foram menos tristes logo que tivemos a liberdade de conversar. Manon falou pouco. A vergonha e a dor pareciam ter-lhe alterado a voz: o som era fraco e trêmulo. Agradeceu-me não tê-la esquecido, dando-lhe o prazer — disse ela suspirando — de me abraçar ainda uma vez antes do último adeus. Mas, apenas lhe jurei que força alguma da terra seria capaz de me arrancar de seus braços; que estava resolvido a acompanhá-la, ainda que fosse até o fim do mundo para servi-la, amá-la, para unir indissoluvelmente a minha triste sorte à sua miserável existência, Manon perdeu a cabeça, louca de contentamento, e entregou-se a tais excessos de ternura que muito me fizeram recear pela sua vida, entregando-se a uma comoção tão violenta.

Nos seus olhos pareciam concentrar-se todos os movimentos da sua alma. Tinha-os fixos em mim. De quando em quando abria a boca como para soltar frases desconexas que a maior parte das vezes não tinha energia para acabar. No entanto, pude perceber algumas palavras. Eram mostras evidentes de admiração pelo meu amor, ternas queixas de todas as suas loucuras, dúvidas de que pudesse ser feliz por me haver inspirado uma paixão tão profunda, pedidos reiterados para me dissuadir do desígnio de acompanhá-la e para que procurasse, longe dela, um futuro mais digno de mim e uma felicidade que, segundo afirmava, nunca poderia encontrar vivendo a seu lado.

A despeito da mais cruel das sortes, sentia-me venturoso com a certeza da sua afeição, com a ternura inexaurível que emanava do seu olhar.

Verdade era que tinha perdido tudo quanto os homens mais estimam e ambicionam; mas era senhor absoluto do coração de Manon — o único tesouro que desejava.

Viver na Europa, na América, que importava aonde, se tinha a certeza de lá ser feliz junto da mulher que amava? Não é o universo inteiro a pátria comum de dois amantes fiéis? Não encontram eles, no amor de um pelo outro, pai, mãe, irmãos, parentes, amigos, riquezas e felicidade?

Se alguma coisa havia que me inquietasse, era o receio de ver Manon exposta a sofrer as agruras da indigência.

Imaginava-me já com ela no meio de uma região inculta e só habitada por selvagens. Estou bem certo, pensava de mim para mim, que por muito cruéis e ferozes que sejam, nunca o serão tanto como G. M... e meu pai. Hão de deixar-nos, ao menos, viver sossegados. Se o que se tem escrito a seu respeito é exato, esses bárbaros seguem as leis da natureza. Não conhecem nem o furor da avareza que domina G. M... nem possuem essas ideias fantásticas da honra, que me fizeram inimigo de meu pai; não hão de perturbar a tranquilidade de dois amantes que vivem tão simplesmente como eles. Por este lado estava descansado.

Não acontecia o mesmo em relação às necessidades comuns da nossa vida. Mais de uma vez tinha experimentado que há privações insuportáveis, principalmente para uma jovem acostumada à abundância e às comodidades. Desesperava-me por ter inutilmente esvaziado a minha bolsa, vendo que o pouco dinheiro que me restava seria ainda pasto da sórdida cobiça dos guardas.

Com uma pequena soma poderia alimentar a esperança de, na América, não só combater a miséria, mas estabelecer-me comodamente, assegurando o nosso futuro, isto pela simples razão de que o dinheiro naquele país, sendo muito raro, tinha grande valor. Meditando sobre isto, resolvi escrever a Tiberge, que sempre achei pronto a socorrer-me com a sua bolsa e o seu afeto. Da primeira cidade por onde passamos, dirigi-lhe uma carta, não lhe dando outro pretexto para este pedido senão o da urgência que teria dele no Havre, onde lhe confessava que tinha ido acompanhar Manon. Pedia-lhe cem dobrões. "Manda-me para o Havre, pelo correio. É a última vez que importuno a tua delicada afeição, pois, no momento em que a minha desgraçada amante me é arrebatada para sempre, não devo deixá-la partir sem lhe dar alguma coisa com que lhe possa minorar tão horrível sorte."

Os guardas tornaram-se tão intratáveis logo que descobriram a violência da minha paixão, que, duplicando continuamente o preço dos seus menores favores, reduziram-me em breve à extrema penúria. Por outro lado, o amor não consentia que eu poupasse o dinheiro. Deixava-me ficar de manhã à noite junto de Manon; e não era a hora que marcava o tempo para mim: era o dia inteiro. Por fim, esgotados os meus recursos, vi-me exposto aos caprichos e à brutalidade de seis miseráveis que me trataram com um desdém e uma altivez insuportáveis. O senhor foi testemunha disso em Passy. A felicidade de tê-lo encontrado constituiu um momento de tréguas que a má sorte me concedeu. A sua bondade pelos meus sofrimentos foi a única recomendação junto da sua generosa alma. Os socorros que tão liberalmente me prestou chegaram-me até o Havre, e os guardas cumpriram a sua promessa mais fielmente do que eu esperava.

Chegamos ao Havre. Fui logo ao correio, mas Tiberge ainda não tivera tempo de me responder. Informei-me do dia exato em que podia esperar a sua carta e vi que só a receberia dois dias depois; mas, em consequência da minha má sina, o navio que nos conduziria para a América partiria na manhã do mesmo dia em que a carta devia chegar.

Não imagina o meu desespero.

— Pois que — exclamava — nem mesmo na desgraça hei de ser poupado?

Manon respondia-me:

— E uma vida tão desgraçada merecerá que tenhamos tanto cuidado por ela? Morramos no Havre, meu querido cavalheiro. Venha a morte e acabem-se de uma vez por todas as nossas desditas, todas as misérias. Iremos arrastar-nos por países desconhecidos com todas essas penúrias, numa região onde nos devem esperar as maiores provações, visto que me desterram para lá? Morramos — repetia ela — ou ao menos vai procurar outro futuro nos braços de uma amante mais feliz.

— Não, não, — dizia-lhe — tenho orgulho em ser desgraçado contigo!

As palavras de Manon incutiram-me sérios receios. Julguei-a prestes a sucumbir ao peso de tantos males e desgostos. Forcejei por apresentar um semblante mais tranquilo, a fim de lhe desvanecer essas sombrias ideias de morte e de desalento. Resolvi ter o mesmo comportamento para o futuro, o que de fato realizei, ficando para mim exuberantemente provado que nada há que mais coragem possa inspirar a uma mulher do que a intrepidez do homem amado.

— Perdidas, pois, as esperanças de receber o dinheiro de Tiberge, vendi o meu cavalo. O produto da venda junto ao que restava da quantia que o senhor me tinha dado, montava a dezessete dobrões. Sete, empreguei-os em bagatelas necessárias a Manon, e os dez restantes guardei-os cuidadosamente, como a base da nossa fortuna e das nossas esperanças na América.

Foi muito fácil obter lugar no navio. Procuravam-se rapazes que estivessem dispostos a agregar-se voluntariamente à colônia. Passagem e sustento foram-me concedidos gratuitamente. No dia seguinte, devendo partir o correio para Paris, escrevi nova carta a Tiberge. Era comovente e devia tê-lo enternecido até o último ponto, para que tomasse uma resolução como a que tomou — resolução que só a amizade mais terna, a generosidade mais completa podiam determinar.

Desfraldamos as velas. O vento nos foi sempre favorável. Obtive do capitão do navio um beliche separado para mim e para Manon. Este homem teve a bondade de nos distinguir entre os nossos miseráveis companheiros.

Logo nos primeiros dias chamei-o de parte para conquistar a sua compaixão, narrei-lhe parte dos meus infortúnios. Pensei que não me tornaria culpado por mentir vergonhosamente, dizendo-lhe que era casado com Manon. Fingiu acreditá-lo, concedeu-nos a sua proteção, e durante a viagem recebemos dele as maiores provas de estima. O capitão ordenou que a nossa comida fosse igual à da sua mesa e as atenções que nos dispensava fizeram-nos ser respeitados pelos companheiros da nossa miséria. Toda a minha preocupação era que Manon não sofresse o mais leve incômodo. Ela bem o notava; e isto, junto ao extremo sentimento a que me tinha votado por causa dela, tornava-a tão terna e apaixonada, tão cuidadosa em prever às minhas menores necessidades, que, era uma perpétua emulação, entre nós, de serviços e de amor. Não tinha saudade da Europa; pelo contrário, quanto mais nos aproximávamos da América, mais se alargava o meu coração, mais tranquilo ficava. Se tivesse a certeza de que nada me faltaria para suprir às primeiras necessidades da vida, teria agradecido ao céu esta crise que as minhas desgraças haviam provocado.

Depois de uma viagem de dois meses, chegamos enfim à praia desejada. A região nada tinha de atraente e agradável à primeira vista. Eram plagas e campos estéreis e inabitados, vendo-se aqui e acolá algumas plantas silvestres ou árvores que o vento despojava das suas folhagens. Não havia indícios de homens ou de animais.

Contudo, tendo o capitão mandado disparar alguns tiros de peça, vimos aproximar-se da praia uma multidão de habitantes de Nova Orleans que, alegres e risonhos, vinham ao nosso encontro. Não podíamos ver a cidade, porque estava oculta por uma alta colina. Fomos recebidos como gente que descesse do céu.

Aqueles pobres habitantes discutiam entre si qual deles seria o que mais perguntas nos havia de fazer sobre o estado da França e das diversas províncias de onde eram naturais. Abraçavam-nos como irmãos, como companheiros queridos que iam compartilhar da sua miséria e do seu desterro. Dirigimo-nos todos para a cidade; mas, à medida que avançávamos, ficamos surpreendidos com o fato de o que nos tinham dito ser uma boa cidade, não passar de um agregado de pobres cabanas. Nesses miseráveis albergues viviam umas quinhentas ou seiscentas pessoas. A casa do governador destacava-se pela altura e pela situação: era defendida por algumas trincheiras de terra amassada, tendo ao redor um largo fosso.

Apresentaram-nos primeiro ao governador, que teve uma longa entrevista com o capitão. Depois, voltando-se para nós, examinou uma por uma todas as mulheres que acabavam de chegar. Eram trinta, pois no Havre tinha-se juntado um outro bando de infelizes vindas de outras partes da França.

O governador, depois deste minucioso exame, fez chamar diversos rapazes da cidade que se definhavam à espera de uma consorte. Deu as mais bonitas aos principais; o resto foi tirado à sorte. Ainda não tinha falado com Manon quando ordenou às outras que se retirassem. Eu e Manon ficamos com ele.

— Acabo de saber pelo capitão — disse — que sois casados e que, durante a viagem teve ocasião de ver que éreis dignos de toda a estima e merecedores das maiores atenções. Não quero falar nos motivos que causaram a vossa desgraça; mas se sois o que realmente mostrais na aparência, prometo-vos que nada pouparei para abrandar o rigor da vossa sorte, e vós mesmos me fareis ter alguns momentos de prazer nesta região deserta e selvagem.

A minha resposta foi a que mais convenientemente achei para o confirmar no bom conceito que de nós formava. Deu as suas ordens para nos prepararem um alojamento na cidade e convidou-nos para jantar com ele. Achei-o muito amável e delicado para o chefe de míseros degredados. Em público nada nos perguntou acerca das nossas aventuras. A conversação foi sobre coisas gerais, apesar da tristeza que nos dominava, esforçamo-nos, eu e Manon, por torná-la agradável.

À noite mandou conduzir-nos à habitação que nos fizeram preparar. Era uma desconfortável cabana construída de pranchas de madeira e barro amassado, dividida em dois outros compartimentos, com um sótão na parte superior.

Havia neste alojamento seis cadeiras e alguns móveis dos mais necessários às comodidades internas de uma habitação. Porém, tudo isto era tão pobre que Manon, ao entrar, recuou horrorizada. Era mais por minha causa que ela se afligia do que por si própria. Logo que ficamos sós, sentou-se e começou a chorar amarguradamente. Quis primeiro consolá-la, mas, quando ouvi-a dizer que lastimava unicamente a mim, e que nas nossas misérias comuns nada a afetava senão a parte que eu tinha de sofrer, fingi que estava animadíssimo, e até alegre, para assim lhe inspirar, se possível fosse, algum sossego.

— De que hei de me queixar? — perguntei. Possuo tudo quanto desejo. Amas-me, não é verdade? Nenhuma outra felicidade ambicionei ainda. Deixemos, pois, o nosso futuro ao céu. Não vejo que ele seja para desesperar. O governador é homem atencioso e delicado; mostrou por nós toda a consideração, e decerto não há de consentir que nos falte o necessário. Quanto à pobreza da nossa cabana e ao tosco da mobília, bem viste que poucas pessoas há aqui que pareçam estar alojadas mais suntuosamente do que nós; e, depois, tu és a mais admirável feiticeira que conheço, acrescentei beijando-a; transformas tudo em ouro.

— Nesse caso serás a pessoa mais rica do universo — atalhou Manon — porque se nunca existiu na terra amor como o teu, é impossível do mesmo modo que haja quem seja amado mais ternamente do que tu és. Faço-me justiça. Sei que nunca mereci essa prodigiosa afeição que sempre me tens consagrado. Tenho-te dado toda a sorte de desgostos, que me perdoaste com a mais extrema bondade. Tenho sido leviana e, mesmo amando-te excessivamente, como sempre tenho feito, não era mais do que uma ingrata. Mas tu não sabes quanto estou mudada. As lágrimas que tão abundantemente derramei desde que saímos da França, nem uma só vez tiveram por causa os meus males. Deixei de senti-los quando tu começaste a partilhá-los. Não chorei senão de compaixão e de ternura por ti. Nunca me poderei consolar de te haver causado tantos males. Acuso-me continuamente das minhas inconstâncias, e enterneço-me ao admirar quanto tu tens sido capaz de fazer, em respeito e amor, por uma desgraçada que de nada era digna e que ela não pagaria mesmo com todo o seu sangue — terminou Manon no meio de grandes soluços — nem sequer uma sombra dos pesares que te tem causado.

As lágrimas, as palavras, o tom em que ela as disse, impressionaram-me tão extraordinariamente, que senti como que uma divisão interior na minha alma.

— Toma cautela, querida Manon — atalhei — não tenho forças para suportar provas tão vivas da tua afeição. Não estou acostumado a estes excessos de alegria. Meu Deus! nada mais vos peço: estou certo de possuir o coração de Manon; encontrei nele os afetos que desejava para ser feliz; não posso agora deixar de o ser; eis a minha felicidade realizada.

— E acredita — retorquiu ela — que serás ditoso, se fazes depender unicamente de mim a tua felicidade; e também sei onde sempre hei de encontrar a minha.

Deitei-me embalado por estas risonhas ideias, que transformavam a minha cabana num palácio digno do primeiro rei do mundo. Nesta doce ilusão, a América pareceu-me um paraíso de delícias.

— É a Nova Orleans que se deve vir — disse a Manon — quando se quiser aspirar às verdadeiras delícias do amor. É aqui que se ama sem interesse, sem ciúme, sem inconstância. Os nossos compatriotas vêm à procura do ouro e mal podem imaginar que encontramos nestas agrestes regiões tesouro mais digno de estima.

Tratamos de cultivar cuidadosamente a amizade do governador. Ele teve a bondade, algumas semanas depois da nossa chegada, de me dar um pequeno emprego que vagara na fortaleza. Ainda que a posição não fosse das mais distintas, aceitei-a como um favor vindo do céu, pois me colocava em circunstâncias de viver sem ser pesado a quem quer que fosse. Tomei um criado para mim e uma criada para Manon. Não era dissipador. Media a despesa e Manon fazia outro tanto. Não perdíamos nunca ocasião de obsequiarmos e fazer bem aos nossos vizinhos. Estas maneiras e a delicadeza do nosso trato nos valeram a confiança e a amizade de toda a colônia.

Em pouco tempo alcançamos tal consideração que, depois do governador, éramos os primeiros personagens da cidade.

A inocência em que vivíamos e a tranquilidade da nossa existência, fizeram despertar em nós ideias religiosas. Manon nunca tinha sido uma mulher ímpia, eu não era também um desses libertinos impudicos, que se gabam da irreligião e da depravação dos costumes.

O amor e a juventude tinham sido as únicas causas dos nossos desvarios. A experiência começava a suprir a idade: ela operou em nós do mesmo modo que uma sequência de anos. As nossas conversas, cheias de reflexão, levaram-nos pouco a pouco ao gosto do amor casto e virtuoso. Fui eu o primeiro que propus a Manon esta mudança. Conhecia-lhe de sobejo o coração e facilmente lhe fiz compreender que para a nossa felicidade ser completa era necessário que o céu a abençoasse.

— Temos almas nobres, corações em demasia bem formados, tanto um como outro, para vivermos assim voluntariamente no esquecimento do dever. Que vivêssemos amancebados em França, vá, porque aí grandes embaraços nos rodeavam; mas na América, onde não dependemos de alguma pessoa, onde não temos que acatar as leis arbitrárias da sociedade em todas as coisas, onde todos acreditam que somos casados, — o que nos impede de o sermos realmente, nobilitando o nosso amor pelos juramentos que a religião autoriza? Nada te ofereço de novo — acrescentei — oferecendo-te o meu coração e a minha mão; não quero mais do que renovar a dádiva aos pés do altar.

Pareceu-me que estas palavras levaram a alegria à alma de Manon.

— Acreditarás — disse ela — que tenho pensado nisso milhares de vezes depois que estamos na América? O receio de te desgostar fez com que guardasse silêncio e não tivesse a presunção de aspirar ao título de tua esposa.

—Ah! Manon, serias em breve esposa de um rei se o céu me tivesse feito nascer com uma coroa. Não hesitemos. Não há obstáculo nenhum a temer. Hoje mesmo falarei ao governador e confessar-lhe-ei que o temos enganado até agora. Deixemos para os amantes vulgares o receio das indissolúveis cadeias do matrimônio. Não as temeriam decerto, se tivessem, como nós temos, a convicção de que os laços do amor nos hão de unir toda a vida.

Manon, ao ver-me tomar esta resolução, não cabia em si de contente.

Estou persuadido de que não haverá no mundo um homem de sentimentos que não aprove esta minha resolução nas circunstâncias especiais em que me achava, isto é, fatalmente avassalado por uma paixão que não podia dominar e minado de remorsos que desgraçadamente não podia sufocar. E poderá haver alguém que chame de injustas as minhas queixas contra o céu, por ter desprezado um desígnio que eu havia formado só por lhe agradar? Ah! desprezado? Que digo eu! Puniu esse desígnio como se fosse um crime. O céu tinha-me suportado enquanto cegamente marchei na vereda do vício; logo que quis entrar na da virtude, descarregou sobre mim os mais dolorosos castigos. Temo que me faltem as forças para acabar a narração da desgraça mais funesta que tenha acontecido a alguém no mundo.

Fui à casa do governador, como combinara com Manon, para lhe pedir que consentisse na cerimônia do nosso casamento. Com certeza nem a ele nem a pessoa alguma teria falado neste assunto se o seu capelão — o único padre que então havia na cidade — me fizesse esse serviço às ocultas; mas, receando que não guardasse silêncio, resolvi proceder abertamente.

O governador tinha um sobrinho chamado Synnelet, a quem muito estimava. Era um rapaz de trinta anos, valente, mas arrebatado e imprudente. Não era casado. A beleza de Manon cativara-o desde o dia da nossa chegada e as inúmeras vezes que teve ocasião de vê-la, durante nove ou dez meses, tinham por tal modo exaltado a sua paixão, que o rapaz definhava-se a olhos vistos, mas guardava para si o seu segredo.

Contudo, como estava persuadido, do mesmo modo que seu tio e toda a cidade, de que era realmente casado, havia conseguido dominar o seu amor a ponto de não deixar transparecer o menor vislumbre da sua paixão, e o seu zelo serviçal tivera mais de uma vez ensejo de ser útil para mim.

Ao chegar ao forte encontrei-o conversando com o tio. Nada me impedia que ocultasse de Synnelet o segredo do meu projeto; por isso não tive dúvida em falar mesmo na sua presença. O governador ouviu-me com a sua costumeira benevolência. Contei-lhe parte da minha história, que escutou com prazer, e quando lhe roguei que se dignasse assistir à cerimônia, levou a generosidade ao ponto de comprometer-se a fazer à sua custa toda a despesa em que ela importasse. Retirei-me, pois, muito contente e satisfeito.

Uma hora depois o capelão entrava em minha casa. Cuidei que vinha dar-me algumas instruções sobre o meu casamento; mas, depois de me ter cumprimentado friamente, declarou-me em duas palavras que o governador me proibia de pensar mais em tal coisa, visto que tinha outros projetos sobre Manon.

— Outros projetos sobre Manon! — atalhei com o coração sobressaltado. E quais são esses projetos, senhor capelão?

Respondeu-me que eu não devia ignorar que o governador era senhor absoluto; que, tendo Manon sido enviada da França para a colônia, podia dispor dela como entendesse; que, se até então não o tinha feito, era porque me julgava casado com ela; mas, que tendo sabido por minha própria boca que isso não era verdade, julgava melhor concedê-la a Synnelet que estava apaixonado por ela. A prudência ainda desta vez foi suplantada pela vivacidade. Ordenei altivamente ao capelão que saísse de minha casa, jurando-lhe que nem o governador, nem seu sobrinho, nem toda a cidade, ousariam arrebatar-me a esposa ou a amante, como eles quisessem chamá-la.

Participei logo a Manon a terrível mensagem que acabava de receber. Concordamos em que Synnelet tinha seduzido o espírito de seu tio na minha ausência, e que tal resolução não era mais do que parte da deliberação há muito premeditada.

Eram eles os mais fortes. Estávamos em Nova-Orleans do mesmo modo que no meio das vastidões do mar, isto é, separados do resto do mundo por espaços incomensuráveis. Para onde havíamos de fugir, num país desconhecido e deserto, ou habitado por feras e por selvagens tão bárbaros como elas? Eu era muito estimado na cidade, mas não podia confiar em comover o povo a meu favor para disso tirar remédio proporcional ao acontecimento. Era preciso dinheiro e eu era pobre. Demais, o êxito de uma rebelião popular era incerto; e se fôssemos mal sucedidos, a nossa desgraça seria irremediável.

Todos estes pensamentos referviam-me na imaginação; comunicava a Manon uma parte deles; formava logo outros sem esperar resposta; assentava numa resolução e logo noutra; falava só e respondia em voz alta aos meus próprios pensamentos; enfim, a agitação que me dominava não a poderei comparar com coisa alguma, porque é impossível haver ou ter havido no mundo coisa igual à que o motivava.

Manon não tirava os olhos de mim. Avaliava, pela minha perturbação, a grandeza do perigo e, tremendo mais por mim do que por ela, não se atrevia mesmo a dizer palavra para exprimir os seus receios.

Depois de uma infinidade de raciocínios, decidi ir novamente à presença do governador e procurar comovê-lo, apelando para a sua honra e para a afeição que nos tinha dedicado desde a nossa chegada até àquele dia. Manon quis opor-se à minha saída:

Dizia-me ela com os olhos rasos de lágrimas:

— Vão matar-te; nunca mais te tornarei a ver; quero morrer antes de ti.

Custou-me imenso persuadi-la da necessidade que tinha de sair e da que havia em ela ficar em casa. Prometi-lhe que voltaria rapidamente. Manon ignorava, assim como eu, que era sobre ela mesma, que devia cair toda a cólera do céu e a fúria dos nossos inimigos.

Dirigi-me ao forte. O governador estava com o seu capelão. Desci, para comovê-lo, a pedidos tais, que me teriam feito morrer de vergonha se os houvesse formulado por outra causa. Ataquei-o com todas as razões capazes de impressionar um coração que não fosse igual, em ferocidade, ao do tigre.

O bárbaro não teve para as minhas lamentações senão uma resposta que repetia cem vezes:

— Manon dependia dele; e tinha feito a promessa de dá-la ao sobrinho.

Estava resolvido a levar a minha moderação até ao último extremo. Contentei-me em lhe dizer que o julgava em demasia meu amigo para querer a minha morte, que eu preferiria à perda da minha amante.

Fiquei convencido de sobra, ao sair, que nada tinha a esperar deste velho teimoso, capaz de se fazer excomungar mil vezes por amor do sobrinho. Contudo, persisti na intenção de conservar até o fim um ar de moderação, resolvido, se por acaso chegassem a realizar a maior injustiça, a oferecer à América um dos espetáculos mais sanguinolentos e horríveis a que o amor pudesse ter dado origem.

Voltava para o meu albergue meditando neste projeto, quando o destino, que queria ativar a minha ruína, me fez encontrar Synnelet. Ele leu nos meus olhos grande parte dos meus pensamentos. Já disse que ele era valente: dirigiu-se para mim.

— Não me procurava? — perguntou; — bem sei que o meu amor o ofende e tinha já previsto que um de nós era demais sobre a terra. Vamos ver qual será o mais feliz.

Respondi-lhe que tinha razão e que só a minha morte poria termo à nossa desavença.

Afastamo-nos da cidade uma centena de passos. As nossas espadas cruzaram-se. Feri-o e desarmei-o quase ao mesmo tempo. Ficou tão enraivecido da sua infelicidade, que recusou pedir-me a vida e renunciar a Manon. Eu tinha talvez o direito de lhe tirar, no mesmo momento, tanto uma como outra; mas um sangue nobre e generoso nunca se desmente. Atirei-lhe a sua espada.

— Comecemos de novo, e olhe que não há mais tréguas.

Synnelet atacou-me com uma fúria insana. Devo confessar que eu não era muito forte no jogo das armas, tendo tido apenas três meses de lições em Paris. O amor, conduzia a minha espada, o que não impediu que o meu rival me varasse o braço, de lado a lado; mas, apanhando-o descoberto, dei-lhe um golpe tão vigoroso que ele caiu a meus pés sem movimento.

Apesar da alegria que dá a vitória, depois de um duelo de morte, refleti logo nas consequências que este fato teria para mim. Não podia esperar nem perdão nem delongas no momento do suplício. Certo como estava da afeição do governador pelo sobrinho, a minha morte não seria adiada uma hora, depois que ele soubesse da de Synnelet. E no entanto, não era esta a causa principal dos meus receios. Manon, o perigo que ela corria, a fatalidade de a perder, perturbavam-me a ponto de me cegarem e impedirem de reconhecer o lugar onde me encontrava. Cheguei a invejar a sorte de Synnelet; uma morte tão repentina parecia-me o único remédio para os meus males.

Contudo, foi este mesmo pensamento que fez com que recuperasse prontamente os sentidos e tornasse capaz de tomar uma resolução.

— Pois que! Quero morrer — exclamei — para pôr termo aos meus males? Haverá coisa que seja capaz de me desesperar mais do que a perda da mulher que amo? Ah! soframos até o último extremo para salvar a amante e reserve-se a morte para depois, se tudo for inútil.

Retomei o caminho da cidade. Entrei em casa e achei Manon semi-morta de inquietação. A minha presença reanimou-a. Não podia ocultar-lhe o terrível incidente que acabava de acontecer. Ela caiu sem sentidos nos meus braços, ao ouvir a narração da morte de Synnelet e ao ver que eu estava ferido. Mais de um quarto de hora a tive desmaiada, custando-me muito reanimá-la.

Eu mesmo, sabe Deus como estava. Não via a menor esperança, nem para mim, nem para ela.

— Manon, que havemos de fazer? — perguntei logo que a vi algum tanto serena. — Que havemos de fazer? Queres ficar na cidade?

Sim, fica, podes ainda ser feliz aqui; eu vou, longe de ti, procurar a morte no meio dos selvagens ou entre as garras de alguma fera.

Manon pôs-se de pé, apesar da sua fraqueza; pegou-me na mão e levou-me até à porta.

— Fujamos juntos, — disse ela — não percamos tempo. Pode ser que por acaso tenham encontrado o cadáver de Synnelet e talvez já seja tarde.

— Mas, adorada Manon — repliquei transtornado — dize-me: para onde é que havemos de ir? Vês algum recurso? Não será melhor que tu procures viver aqui, sem mim, e que eu vá voluntariamente entregar a minha cabeça ao governador?

Tal proposta não fez mais do que aumentar o seu ardor em querer partir. Era forçoso segui-la. No entanto, ao sair, tive a presença de espírito suficiente para levar alguns licores fortes que tinha no meu quarto e todas as provisões que me couberam nas algibeiras. Dissemos aos criados que íamos dar o nosso passeio da tarde (coisa que fazíamos todos os dias) e afastamo-nos da povoação mais rapidamente do que a debilidade e a fraqueza de Manon o permitiam.

Irresolutos sobre o lugar para onde fugiríamos, nem por isso eu deixava de ter esperança em duas coisas, sem as quais teria preferido a morte à cruel incerteza do que poderia acontecer a Manon. Durante os dez meses que habitei na América, tinha estudado o suficiente acerca do país para saber como havia de captar a benevolência dos selvagens. Podia, com facilidade, cair-se em seu poder sem o risco de uma morte certa. Tinha até aprendido alguns termos da sua linguagem, alguns dos seus costumes, nas diversas ocasiões que por acaso os encontrara.

Este recurso por um lado, tinha outro do lado dos ingleses que, do mesmo modo que os franceses, possuíam estabelecimentos nesta parte do Novo Mundo. Eis as minhas esperanças. Mas, a ideia das grandes distâncias fazia-me estremecer. Tínhamos que atravessar, até chegar às suas colônias, campinas estéreis de muitos dias de jornada e algumas montanhas tão altas e escarpadas, que o seu trânsito parecia impossível aos homens mais rudes e vigorosos. Pensava, contudo, que poderíamos tirar partido dos selvagens para nos servirem de guias, e dos ingleses para nos darem abrigo nas suas habitações.

Caminhamos assim tanto tempo quanto as forças de Manon o permitiram, isto é, pouco mais ou menos duas léguas, porque esta criatura incomparável constantemente se recusava a deter-se. Por mim, vencida pela fadiga, confessou-me que não podia dar nem mais um passo. Era noite. Sentamo-nos no meio de uma vasta planície, não tendo encontrado nem uma árvore para nos abrigarmos.

Manon cuidou logo de mudar os fios e a ligadura que tinha posto em minha ferida antes da nossa partida. Em vão me opunha à sua vontade. Apressaria a sua morte se lhe tivesse recusado a satisfação de me julgar a salvo do perigo, antes mesmo de pensar em si própria. Durante alguns momentos, submeti-me aos seus desejos. Recebi as atenções que ela me prodigalizava em silêncio e cheio de vergonha. Mas, logo que ela satisfez os seus caprichos, com que ardor a minha ternura retomou a parte que lhe cabia! Despi quase toda a roupa para lhe fazer uma cama menos dura do que o terreno que estava à nossa disposição. Debalde ela quis resistir. Não cedi. Aquecia-lhe as mãos com a ardência dos meus beijos e com o calor dos meus suspiros e passei a noite velando junto dela e pedindo ao céu que lhe concedesse um sono pacífico e descansado. Como as minhas súplicas eram vivas e sinceras! E com que rigor o céu as atendeu!

Desculpe-me, se termino em poucas palavras uma narrativa que me mata. Conto-lhe uma infelicidade sem igual. Toda a minha vida é destinada a chorá-la. E apesar de tê-la sempre bem nítida na memória, a alma horroriza-se todas as vezes que tenho de a exprimir por meio de palavra.

Tínhamos passado tranquilamente uma parte da noite. Eu julgava que Manon adormecera, e por isso quase não respirava, receando perturbar-lhe o sono. Ao despontar do dia, tocando-lhe nas mãos, vi que ela as tinha frias e trêmulas. Aproximei-as do meu peito para aquecê-las. Manon notou este movimento e, fazendo um esforço para se apoderar das minhas, disse-me com uma voz enfraquecida e quase sem alento, que julgava prestes a sua derradeira hora.

A princípio julguei que esta queixa não era mais do que uma expressão vulgar no infortúnio e tentei tranquilizá-la com as consolações do amor. Mas os soluços frequentes de Manon, o seu silêncio a todas as minhas perguntas, as suas mãos inteiriçadas que apertavam as minhas, tudo me fez entender que o fim dos seus tormentos se aproximava.

Não exija de mim que lhe descreva o que então sofri, nem quais foram as suas últimas palavras. Perdi-a e recebi dela, mesmo no momento fatal, todas as provas de amor. É tudo quanto lhe posso dizer de tão triste e funesto acontecimento.

A minha alma não seguiu a sua. O céu julgou, sem dúvida, que eu não estava rigorosamente punido; quis que arrastasse ainda por mais algum tempo uma vida triste e miserável. Renuncio voluntariamente a uma existência mais venturosa.

Durante vinte e quatro horas tive a boca colada sobre as mãos e sobre o rosto de Manon. Estava resolvido a esperar assim a morte. Mas, no segundo dia, refleti que o corpo da minha amante ficaria exposto assim, depois que eu morresse, a ser pasto dos animais selvagens. Resolvi enterrá-la e sobre a sua sepultura aguardar a morte. Estava tão próximo deste momento, pela fraqueza que o jejum e a dor me tinham causado, que era necessário um grande esforço para conservar-me de pé. Vi-me obrigado a recorrer aos licores que trazia comigo e eles deram-me força necessária para realizar a triste tarefa que me propusera.

Não era muito difícil escavar o terreno, por ser quase todo de areia. Quebrei a espada para, juntamente com as mãos, fazer a cova. Nela coloquei o ídolo da minha alma, depois de o ter embrulhado todo em minha roupa para impedir que a areia o tocasse. Depois de a ter beijado mil vezes, com todo ardor, e vendo outra vez faltarem-me as forças, resolvi fechar a cova e encerrar no seio da terra tudo quanto até então a tinha pisado de mais perfeito e encantador. Deitei-me depois sobre a sepultura, com o rosto contra a terra; e, fechando os olhos na intenção de nunca mais abri-los, invoquei o auxílio dos céus e esperei a morte com impaciência.

O que talvez lhe custe a acreditar é que, durante a execução desta lúgubre tarefa, não deslizou dos meus olhos nem uma só lágrima e nem um suspiro me saiu do peito. A consternação profunda em que estava e o propósito determinado de morrer, tinham embotado todas as expressões da dor e do desespero. Assim, em breve perdi os sentidos, estendido como estava sobre a sepultura.

Depois do que o senhor acaba de ouvir, a conclusão da minha história é de tão pouca importância, que não vale a pena que perca tempo em escutá-la. Tendo sido levado o corpo de Synnelet para a cidade e examinadas todas as suas feridas, viu-se que não só não estava morto, mas até que era possível salvá-lo. Synnelet contou depois a seu tio o modo como as coisas se tinham passado e a sua generosidade e cavalheirismo levaram-no a tornar público por toda a parte, o modo leal com que me portara no duelo. Procuraram-me por toda a parte e a minha ausência, junto à de Manon, elucidou-os sobre a nossa fuga. Era já muito tarde para irem sobre os nossos passos; mas, os dois dias que se seguiram foram empregados na nossa perseguição. Ao fim dela, acharam-me inanimado sobre a sepultura de Manon e, logo que me descobriram neste estado, vendo-me quase nu e coberto de sangue, que corria de minha ferida, não duvidaram de que tivesse sido roubado e assassinado. Levaram-me para a cidade. O movimento fez-me voltar os sentidos. Os suspiros que soltei, abrindo os olhos e vendo-me ainda no número dos vivos, deram a entender que eu talvez ainda pudesse ser salvo. E, com efeito, não se enganaram.

No entanto, não deixaram de me encerrar em estreita prisão. Instauraram um processo e, como Manon não aparecia, fui acusado de me ter desfeito dela em algum momento de raiva e de ciúme. Contei naturalmente a minha lamentável aventura. Synnelet, apesar do sofrimento que a minha narrativa lhe causou, teve a generosidade de solicitar o meu perdão e obteve-o.

Estava tão fraco que saí da prisão novamente para a cama, onde estive três meses retido com uma violentíssima febre. O ódio pela vida não diminuiu e recusei-me durante muito tempo a tomar remédio algum. O céu, porém, depois de me ter punido com tanto rigor, queria que as minhas desditas e os seus castigos me fossem úteis. Esclareceu-me com as suas luzes e fez germinar em mim ideias dignas da minha nobreza e da minha educação.

A tranquilidade começou a renascer pouco a pouco no meu espírito, e a cura veio depressa. Entreguei-me depois às inspirações da honra e ao exato cumprimento dos deveres do meu modesto emprego, esperando os navios da França que uma vez cada ano tocam neste ponto da América. Estava resolvido a voltar para a minha pátria, onde, por meio de um comportamento sério e honrado, reparasse os desvarios e escândalos de outrora. Synnelet tinha feito transportar o corpo da minha desventurada Manon para um lugar sagrado.

Haviam decorrido umas seis semanas depois do meu restabelecimento quando, ao passar uma tarde na praia, vi chegar um navio que negócios comerciais traziam a Nova Orleans. Observava com atenção o desembarque da marinhagem, quando fiquei surpreendido ao reconhecer Tiberge entre os que se dirigiam para a cidade. Era ele, com efeito, e o único motivo da sua viagem tinha sido o de me ver e de me convidar ao regresso à França. Tiberge disse-me que, tendo recebido a carta que lhe havia escrito do Havre, correra em pessoa a levar-me o dinheiro que lhe pedia; que não imaginava o desgosto que tivera quando soube da minha partida e que teria me seguido imediatamente se houvesse outro navio pronto a partir para a América; que durante muitos meses procurara transporte em todos os portos e que, achando finalmente em Saint-Malo um navio que se dirigia à Martinica, embarcara na esperança de achar meio fácil de seguir para Nova Orleans; que o navio fora, na viagem, aprisionado por corsários espanhóis e que ele se escapulira habilidosamente da prisão, achando por fim este pequeno navio que felizmente o conduziu até junto de mim.

Todo o reconhecimento que eu mostrasse por tão generosa e constante amizade era pouco. Levei-o para minha casa. Informei-o de tudo quanto tinha acontecido depois da minha saída da França e, para lhe causar uma alegria que ele decerto não esperava, declarei-lhe que as sementes da virtude que ele outrora lançara no meu coração, começavam a produzir resultados que o deixariam satisfeito. Afirmou-me que uma tal certeza o indenizava de todos os trabalhos da sua viagem.

Passamos juntos dois meses em Nova Orleans à espera da chegada dos navios da França e, tendo finalmente embarcado, descemos em terra, há quinze dias, no Havre.

Ao chegar, escrevi à minha família e, pela resposta do meu irmão mais velho, soube a triste notícia da morte de meu pai, para a qual receio, com muita razão, que os meus desvarios tenham contribuído bastante. Sendo favorável o vento para Calais, embarquei imediatamente no propósito de ir ter à casa de um procurador de meus parentes, a algumas léguas dessa cidade, e de onde meu irmão escrevera que aguardava a minha chegada.

Este livro foi composto com a tipografia Times New Roman
e impresso pela Meta Brasil.